AF282594

Eine abgründige Scheinheiligkeit

Manfred Bilinsky

Eine abgründige Scheinheiligkeit

Bibliografische Information der Deutschen Nationalbibliothek:
Die Deutsche Nationalbibliothek verzeichnet diese Publikation in der Deutschen Nationalbibliografie; detaillierte bibliografische Daten sind im Internet über http://dnb.dnb.de abrufbar.

Herstellung und Verlag: BoD – Books on Demand, Norderstedt

ISBN: 9783 7578 79563

Der Autor, Manfred Bilinsky, verfasst seine Romane in einer leicht lesbaren und einfachen Sprache.

Diese Geschichte ist vorwiegend mit Dialogen versehen und die sexuellen Szenen sind schamlos und freizügig geschrieben.

Wie jeden Morgen ist die 28-jährige Marie Steiner mit ihrer Mutter Jessica im Stall. Ihre hofeigenen 40 Kühe werden gemolken und der Kuhstall ausgemistet. Unmittelbar nach dem Melken der letzten Kuh, fühlt sich Jessica plötzlich unwohl. Sie baumelt und hält sich wegen Schwindelgefühlen am Gatter fest. Als Marie die Situation erkennt, läuft sie sofort zu ihrer Mutter.

Besorgt fragt Marie: „Mama, was ist mit dir?"

Mutters Antworten sind nur undeutliche Versuche zu sprechen. Ihre Beine werden schwach und ohne Bewusstsein fällt sie in Maries Hände. Unverzüglich ruft Marie den Notruf.

Im Krankenhaus läuft Marie voller Sorge und Ängste den Gang auf und ab. Die Ungewissheit macht sie verrückt. Sie spürt die Hektik der Ärzte und hofft darauf, bald Informationen zu bekommen. Keinesfalls möchte sie ihre Mutter alleine lassen und bittet ihre Nachbarin um Unterstützung für ihren Hof. Nora, die den Hof unweit der Steiner-Familie führt, springt ohne zu zögern ein. Die Nachricht, dass Jessica im Krankenhaus liegt, verbreitet sich im Dorf wie ein Lauffeuer. Der befreundete Dorfpolizist von Marie, Alex Bäumler kommt in das Krankenhaus um Marie zu unterstützen.

Alex liebt Marie bereits seit dem Kindergarten. Marie hingegen sieht ihn als sehr guten Freund, und ahnt nichts von seinen Liebesgefühlen.

Als sie ihn sieht, umarmt sie Alex weinend. Er tröstet seine heimliche Geliebte und ist sehr fürsorglich.

Nach einiger Zeit sagt sie: „Es wäre jetzt sehr schön, wenn meine Schwester bei mir sein könnte."

Alex antwortet: „Ruf sie doch an."

Marie: „Ich weiß nicht einmal, wo Saskia lebt, geschweige welche Telefonnummer sie hat. Wie soll ich sie über Mama informieren?"

Alex sagt: „Wozu hast du einen Polizisten als Freund? Ich werde sie ausfindig machen."

Alex bittet seinen Vorgesetzten Major Hubert Koffler um Unterstützung. Als der Major hört um welche Person es geht, antwortet er: „Saskia Steiner, ist eine ganz besonders interessante Person für mich. Viele Fragen wurden nicht geklärt. Ich kenne ihren Aufenthaltsort und ich werde sie in die Heimat holen lassen."

Alex fragt verwundert: „Welche Fragen sind nicht geklärt?"

Major Koffler: „Ein noch ungeklärter Fall aus der Vergangenheit, in den Frau Saskia Steiner involviert war. Zurück zu ihrer Bitte, natürlich werde ich die Heimkehr veranlassen."

Nach dem Telefonat ist Alex über die Worte seines Vorgesetzten verwundert. Er geht zurück zu Marie und schweigt über die Äußerungen, um seine Freundin nicht zu beunruhigen.

Marie fragt neugierig: „Konntest du etwas erreichen, damit Saskia heimkommt?"

Alex antwortet: „Major Koffler kümmert sich persönlich, damit du deine Schwester in deiner Nähe hast."

Marie fragt: „Koffler? War das nicht der Freund von meinem Stiefvater? Ich war noch zu klein, aber der Name sagt mir etwas."

Alex: „Wie ist dein Stiefvater eigentlich gestorben?"

Marie: „Es dürfte ein Unfall gewesen sein. Was genau passierte weiß ich nicht. Zumindest war es am selben Tag, oder in der Zeit, als Saskia den Hof verlassen hatte. Meine Mama war damals sehr traurig und es wurde darüber geschwiegen. Warum fragst du, und ist dieser Koffler wirklich dein Vorgesetzter?"

Alex: „Ja, Hubert Koffler ist tatsächlich mein Chef."

Endlich kommt ein Arzt zu Marie und sagt: „Frau Steiner, ihre Mutter hat einen Hirntumor im fortgeschrittenen Stadium. Sie muss schon längere Zeit unerträgliche Schmerzen gehabt haben."

Marie reagiert geschockt: „Nein, nein, eigentlich nicht. Was heißt das, im fortgeschrittenen Stadium?"

Der behandelnde Arzt: „Ein Tumor in diesem Ausmaß zeigt, dass er genügend Zeit hatte zu wachsen. Es tut mir sehr leid, Frau Steiner, aber es sieht nicht gut für ihre Mutter aus."

Marie weint und ist sprachlos. Alex fragt den Arzt: „Gibt es eine Möglichkeit zu operieren oder eine Heilungstherapie?"

Langsam bewegt der Arzt seinen Kopf hin und her und sagt dann: „Es tut mir sehr leid."

Marie fragt weinend: „Darf ich zu ihr?"

Der Arzt stimmt zu: „Selbstverständlich. Sie schläft noch, aber sie sollte in den nächsten Stunden aus dem Koma erwachen."

Marie geht zu ihrer Mutter und Alex fährt in die Polizeidienststelle. Unverzüglich macht er sich auf die Suche nach Saskia. Während er im Computer recherchiert, kommt Major Koffler herbei. Wie es sich gehört, steht Alex auf und begrüßt seinen Vorgesetzten nach Dienstvorschrift.

Major Koffler: „Frau Saskia Steiner wird in den nächsten 24 Stunden eintreffen. Ich werde sie persönlich am Flughafen in Empfang nehmen."

Alex fragt verwundert: „Darf ich fragen, warum sie sich für Frau Steiner, persönlich einsetzen?"

Major Koffler antwortet: „Ihr sogenannter Stiefvater war mein bester Freund. Bei ihrem Verschwinden kam Karl Brenner, also ihr Stiefvater, ums Leben. Hierzu werde ich sie vernehmen. Damals konnte ihr nichts nachgewiesen werden. Es ist meine Pflicht, diesen Fall gründlichst aufzuarbeiten."

Alex: „Wenn sie mit dem Tod von Herrn Brenner zu tun gehabt hätte, wäre sie doch damals verhaftet worden."

Major Koffler: „Es gibt Ungereimtheiten, denen ich nachgehen möchte."

Alex kann Kofflers Verdächtigung nicht nachvollziehen. Er kennt Saskia, als sie noch ein Teenager war. Sie war eine liebenswerte und fürsorgliche Person. Warum sollte sie mit dem Tod ihres Stiefvaters etwas zu tun haben? Er fragt sich, ob es richtig war, Koffler um Unterstützung zu bitten. Er selbst war damals wie Marie, 12 Jahre alt. Saskia war seiner Ansicht nach, mit ihren 16 Jahren, bereits sehr selbstständig und kümmerte sich rührend um Marie.

Der nun 28-jährige Polizist fährt zu Marie in das Krankenhaus. Marie sitzt am Krankenbett ihrer Mutter und streichelt ihre Hand.
Alex fragt Marie leise: „Kann ich etwas für dich tun?"

Marie wischt sich die Tränen aus dem Gesicht und antwortet: „Ich habe große Sehnsucht nach Saskia."

Alex flüstert: „Deine Schwester kommt bald."

Marie freut sich: „Wirklich? Hast du sie gefunden?"

Alex plagt sein Gewissen. Er nimmt ihre Hand und sagt: „Komm bitte kurz mit mir mit."

Am Gang fragt Marie: „Wann kommt sie? Wo ist sie?"

Alex antwortet zögerlich: „Major Koffler hat sie ausfindig gemacht. Sie sollte in den nächsten 24 Stunden hier sein. Marie, was war damals mit deinem Stiefvater und Saskia?"

Marie ist verwundert: „Was sollte gewesen sein? Wir sahen ihn nicht als Stiefvater, sondern als Freund unserer Mama. Warum fragst du?"

Alex: „Koffler wird Saskia vom Flughafen abholen und sie erstmals verhören. Er glaubt, Saskia hätte eventuell mit seinem Tod zu tun. Was weißt du von damals? Bitte vertraue mir alles an, was du weißt."

Marie: „Was soll dieser Unfug? Ich weiß nicht mehr als du. Immerhin warst du ständig auf unserem Hof und du kanntest Saskia doch auch. Wie könnt ihr sie verdächtigen?"

Alex: „Nicht ihr, Koffler verdächtigt sie. Ich habe Angst mit meiner Bitte an Koffler, einen Stein ins Rollen gebracht zu haben, was ich aber nicht wollte. Marie, ich bin auf eurer Seite."

Marie: „Heißt das jetzt, Koffler verhaftet meine Schwester am Flughafen?"

Alex: „Nein, er wird sie befragen, nicht verhaften."

Marie ist schockiert: „Nach 16 Jahren? Meine Schwester kommt nach 16 Jahren zurück und wird von der Polizei abgeführt? Spinnt ihr komplett? Meine Mama liegt im Koma und wird vermutlich sterben und ihr verhaftet meine Schwester wegen eines Verdachtes nach 16 Jahren?"

Alex versucht die Situation zu beruhigen: „Marie, sie wird nicht verhaftet. Lediglich befragt. Ich weiß selbst nicht, was Koffler damit bezweckt. Er meinte, es seien Fragen offen."

Marie ist außer Sich: „Das fällt ihm nach 16 Jahren ein? Unsere Mama liegt im Sterben, verdammt noch einmal. Er soll seinen Ego-Trip zügeln und Saskia zu unserer Mama lassen, bevor es vielleicht zu spät ist."

Alex: „Ich werde mit Koffler reden. Versprochen, Marie."

Am Tag der Ankunft von Saskia in ihrer Heimat:

Alex hat zumindest erreicht, dass er anwesend sein kann. Major Koffler beharrt darauf, Saskia zu befragen, bevor sie zu ihrer Mutter ins Krankenhaus gebracht wird.

Elegant in einem schwarzen Strechkleid, das oberhalb der Knie endet, mit schwarzen Feinstrümpfen über ihren langen schlanken Beinen und High-Heels an den Füßen, kommt sie auf die Polizisten zu. Ihre langen blonden Haare, wehen ihr teilweise ins Gesicht.

Major Koffler ist in ziviler Kleidung und Alex in seiner Polizei Uniform. Saskia geht auf Alex zu und ist sehr erstaunt: „Alex? Alex Bäumler? Der kleine Junge, der meiner Schwester nicht von der Seite wich?"

Alex lächelt: „Ja, Saskia. Willkommen in der Heimat. Du siehst fantastisch aus, so wie ich dich in Erinnerung habe."

Kurzerhand umarmt sie Alex: „Lieb von dir, danke. Wo ist meine kleine Marie?"

Koffler mischt sich ein: „Alles zu seiner Zeit, Saskia Steiner. Zuerst möchte ich mich mit dir unterhalten."

Saskias Laune wird gedämpft: „Was willst du von mir, Hubert?"

Koffler: „Major Koffler, bitte."

Saskia: „Wozu? Du warst oft bei uns am Hof, da du der beste Freund von Karl gewesen bist. Also, warum soll ich dich jetzt Major nennen?"

Sie widmet sich Alex zu: „Warum hast du ihn mitgenommen? Hast du Angst vor mir?"

Koffler spricht Klartext: „Frau Saskia Steiner, sie werden offiziell zur Befragung, bezüglich Karl Brenner, zum Verhör gebracht. Freiwillig oder mit Handschellen? Es liegt an dir."

Saskia: „Was nun, sie oder du? Sagt mal, tickt ihr beide nicht richtig? Ich wurde von der amerikanischen Polizei gebeten in meine Heimat zu kommen, weil meine Mutter im Koma liegt. Direkt am Flughafen werde ich von euch beiden Clowns, zu einem Verhör in Polizeigewahrsam gebracht? Alex, was ist los?"

Alex: „Major Koffler hat ein paar Fragen an dich. Anschließend bringe ich dich persönlich zu Marie und deiner Mutter."

Koffler greift nach ihrem Arm und sagt: „Nun wäre das jetzt geklärt."

Saskia reißt sich los: „Fass mich nie wieder an, Hubert. Egal was du für einen Dienstgrad hast, du hast kein Recht mich anzufassen. Ist das klar?"

Da sie keine Antwort bekommt wird sie lauter: „Hast du mich verstanden?"

Koffler: „Beruhige dich, Saskia. Komm einfach mit uns mit."

Alex ist das alles sehr peinlich und sehr unangenehm. Er hätte ihr einen schöneren Empfang gegönnt. Doch leider, ist Koffler sein Vorgesetzter.

Auf der Polizeistation darf Alex bei der sogenannten Befragung, nicht dabei sein. Dies ärgert ihn sehr. Jedoch muss er seinem Vorgesetzten gehorchen. Kofflers Auftreten gegenüber Saskia, findet er einfach nur absurd und schäbig.

Eine Stunde später, kommt Koffler mit Saskia aus dem Verhörraum und sagt zu Alex: „Herr Bäumler, bringen sie Frau Steiner zu ihrer Mutter."

Im Auto fragt Alex: „Was wollte er von dir?"

Saskia ist noch immer gekränkt: „Frag doch nicht so naiv."

Alex: „Saskia, es tut mir wirklich sehr leid, wie Koffler sich dir gegenüber benimmt. Bitte glaube mir, ich habe damit nichts zu tun. Möchtest du mir darüber erzählen?"

Saskia starrt aus dem Fenster und sagt nach einigen Minuten: „Dein Koffler, verdächtigt mich, an Karls Unfalltod nachgeholfen, oder beteiligt gewesen zu sein. Ich bitte dich anzuhalten. Ich brauche keine Polizeibegleitung zum Krankenhaus."

Alex: „Ich fahre dich nicht als Polizist, sondern als Freund, Saskia."

Saskia: „Als Freund in einem Polizeifahrzeug? Bitte, halt an und lass mich aussteigen."

Alex: „Bitte vertraue mir. Ich habe Marie versprochen dich zu ihr zu bringen."

Saskia wird wütend: „Halt an und lass mich aussteigen."

Alex parkt das Auto und sagt: „Darf ich dich zu deiner Schwester bringen?"

Saskia sagt beim Aussteigen: „Das falsche und verlogene Verhalten im Dorf, hasste ich schon immer. Erschreckend was aus einem süßen Jungen werden kann."

Saskia wirft die Autotür zu und geht zu Fuß weiter. Alex steigt ebenfalls aus und bittet Saskia: „Okay, Saskia. Ja, ich bin ein Polizist geworden. Meine Loyalität und Liebe zu euch ist unverändert. Ich spiele kein falsches Spiel oder sonst irgendetwas. Du kannst mir vertrauen. Wir waren doch befreundet. Du hattest sogar für mich gekocht, Saskia. Ich bin noch immer der Alex, denn du gekannt hast."

Saskia: „Lass mich einfach in Ruhe. Ich brauche keinen Freund, der mich enttäuscht."

Alex erkennt, dass er keine Chance hat.

Diese Situation ist ihm unbeschreiblich peinlich. Enttäuscht fährt er zu Marie in das Krankenhaus und erzählt ihr das Geschehene.

Marie ist völlig aufgebracht: „Ich habe Saskia, seit 16 Jahren nicht gesehen und du bringst sie bei ihrer Ankunft, auf die Polizeistation, wo sie verhört wird? Du nennst dich, Freund? Ich kann ihre Reaktion verstehen. Zudem hätte ich dir eine verdiente Ohrfeige verpasst. Was bist du nur für ein Freund?"

Alex: „Koffler hat sie verhört, nicht ich."

Marie: „Du hast es zugelassen, das reicht mir als Antwort."

Alex: „Er ist mein Vorgesetzter, Marie. Ich bin euer Freund."

Marie: „Ein wahrer Freund, bringt meine Schwester nicht zu einem Polizeiverhör. Und deinen Koffler kannst du dir..., du weißt schon was. Wo ist Saskia jetzt? Wie kommt sie in das Krankenhaus? Etwa zu Fuß? Ich glaub es nicht. Ich bin sehr enttäuscht von dir. Saskia war immer sehr führsorglich zu dir, wie eine große Schwester."

Alex: „Mir tut es unendlich leid, Marie. Ich liebe euch und wollte nur helfen. Dass Koffler, bezüglich Saskia andere Gedanken hatte, konnte ich doch nicht wissen. Jetzt im Nachhinein bereue ich es zutiefst, dass ich Koffler gebeten habe zu helfen. Ich wusste wirklich nichts von seinen Verdächtigungen. Bitte glaub mir doch."

Marie blickt tief in seine Augen und sagt: „Gut, ich glaube dir. Stärke endlich dein Selbstbewusstsein, auch deinem Chef gegenüber. Wenn dir etwas unfair erscheint, dann handle fair und mit deinem Herz. Wegen deiner Uniform darfst du niemals dich selbst verlieren. Stehe aufrecht und bleib menschlich. Dein Vorgesetzter darf niemals über dich oder andere bestimmen. Die Polizei sollte uns beschützen und ein Freund sein. Denk in Zukunft an meine Worte."

Alex ist erleichtert und sagt: „Danke, Marie. Ich werde mir deine Worte sehr zu Herzen nehmen."

Zur selben Zeit, ist Saskia zu Fuß unterwegs. Sie geht durch den Ort, in dem sie ihre Kindheit verbracht hatte. Es scheint ihr, als würde sich nichts verändert haben. Alles ist wie früher. Sogar das alte Dorfwirtshaus, mit den Sitzplätzen vor dem Lokal, schaut immer noch aus wie damals. Langsam spaziert sie den Gehweg entlang, und inspiziert das kleine Dorf. Um den Brunnen auf dem Dorfplatz, sitzen nach wie vor, ältere Menschen aus dem Dorf und unterhalten sich. Saskia begrüßt beim Vorbeigehen alle Personen, wie sie es gelernt hat. Sie wird ebenfalls freundlich gegrüßt.

Eine ältere Dame fragt: „Sind sie nicht die Steiner Tochter?"

Saskia bleibt stehen und antwortet freundlich: „Ja, ich bin Saskia Steiner."

Die ältere Dame sagt: „Das du dich überhaupt noch in das Dorf traust. Schäm dich für deine Tat. Der Brenner Karl hat dich aufgenommen wie seine eigene Tochter und du raubst ihm sein Leben, du Mörderin."

Schockiert und sprachlos geht Saskia mit schnellen Schritten weiter. Zu ihrem Glück kommt ein Taxi heran. Sie winkt dem Fahrer zu, der neben ihr anhält.

Sie sagt: „Vielen Dank. Können sie mich bitte zum Krankenhaus fahren?"

Der Taxifahrer war sichtlich erfreut über die wunderschöne Frau: „Natürlich, es ist mir ein Vergnügen."

Nachdenklich und betrübt sitzt Saskia im Taxi und starrt aus dem Fenster. Der Fahrer sagt: „Warum machen sie so ein finsteres Gesicht? Ist meine Anwesenheit nicht Grund genug, für ein Lächeln?"

Saskia schmunzelt: „Es liegt nicht an ihnen."

Der Fahrer: „Das freut mich zu hören."

Während der Taxi-Chauffeur versucht, seinen Fahrgast zum Lächeln zu bringen, legt er seine Hand auf Saskias Oberschenkel und sagt dabei: „Wir könnten uns doch amüsieren."

Saskia blickt den Fahrer an und antwortet: „Ich bin lesbisch und stehe auf Frauen, sorry. Und jetzt nehmen sie ihre Hand von meinem Bein."

Der Fahrer kontert: „Anscheinend hat es dir kein Mann ordentlich besorgt, ansonsten hättest du nicht diese Krankheit."

Seine Hand gleitet zwischen ihre Beine, worauf Saskia wütend wird. Sie schlägt seine Hand von sich und sagt betont: „Nein, ich möchte es nicht."

Der Fahrer lächelt und sagt: „Oh, eine ganz wilde Frau. Das gefällt mir."

Als er nochmals seine Hand auf ihren Oberschenkel legt, schreit sie ihn an: „Nein heißt Nein."

Mit einem Lächeln biegt er von der Hauptstraße, in ein Waldstück ein.

Saskia schreit ihn an: „Was soll das?"

Der Fahrer sagt lachend: „Ich spüre, wie du es brauchst. Deine wilde Art, macht mich heiß und ich werde es dir zeigen, wie ein Mann es dir besorgen kann."

Saskia versucht die Tür zu öffnen, doch sie ist verriegelt. Sie schlägt auf ihn ein, doch davon lässt er sich nicht stoppen.

Nach einiger Zeit bremst er das Fahrzeug und beugt sich zu Saskia. Mit einer Hand hält er ihren Mund zu und mit der anderen Hand greift er auf ihren Intimbereich.
Dabei sagt er: „Je mehr du dich wehrst, umso schmerzhafter wird es werden. Es liegt an dir."

Saskia fügt sich und wehrt sich nicht mehr.

Als er von ihr ablässt, sagt sie: „Gut, dann zeige mir wie es mit einem Mann sein kann. Auf dem Beifahrersitz wird es aber nicht klappen, oder? Ich würde die Motorhaube bevorzugen."

Der Fahrer begrüßt diesen Vorschlag und beide steigen aus dem Auto. Sie lehnt sich an den Kotflügel des Fahrzeugs und sagt: „Komm schon, zeig es mir."

Er zieht ihr Kleid hoch und öffnet seine Hose. In diesem Moment tritt sie mit Ihren Füßen nach dem Fahrer und mit einem gekonnten Griff, und einem gezielten Schlag, wirft sie ihn zu Boden. Sie stellt ihren Fuß mit den High-Heels auf seinen Hals und sagt: „Greif nie wieder eine Frau an, die Nein sagt."

Der Fahrer krümmt sich vor Schmerzen auf den Boden. Daraufhin sagt Saskia: „Wenn du dich nun wie ein Mensch benimmst, dann nehme ich dich mit. Ansonsten fahre ich alleine weiter."

Er nickt und zeigt sich reumütig. Saskia hilft ihm auf den Beifahrersitz und sie fährt los. Beim Krankenhaus angekommen sagt sie: „Ich gehe davon aus, dass diese Fahrt kostenlos war? Soll ich einen Arzt kommen lassen?"

Der Fahrer sagt: „Nein, schon gut."

Um sich nicht schuldig zu fühlen, gibt sie es sehr wohl beim Empfang bekannt. Daraufhin informiert der Empfangsmitarbeiter einen Arzt und auch gleich die Polizei. Saskia gibt ihm ihre Daten und fragt nach der Zimmernummer ihrer Mutter.

Auf dem Weg zum Krankenzimmer begegnet Saskia, dem Polizisten Alex Bäumler, der in schnellen Schritten an ihr vorbeiläuft. Unbeeindruckt geht sie weiter und klopft an der Zimmertür. Sie tritt ein und Marie starrt sie an. Nach einiger Zeit umarmt Marie ihre Schwester überglücklich und sagt: „Saskia, schön dich wiederzusehen."

Saskia genießt die liebevolle Begrüßung ihrer Schwester und antwortet: „Ich freue mich ebenso, liebe Marie."

Nach einiger Zeit fragt Saskia: „Wie geht es Mutter?"

Marie, die vom Wiedersehen überwältigt ist und ihre Schwester weiterhin fest umarmt, sagt: „Nicht gut, Saskia. Ich warte ungeduldig auf ihr Erwachen. Wie geht es dir?"

Saskia antwortet: „Danke, mir geht es ganz gut. Lass uns raus gehen, Marie."

Marie fragt: „Möchtest du Mama nicht begrüßen?"

Saskia antwortet: „Sie schläft doch."

Marie ist verwundert über Saskias Verhalten: „Auch wenn sie schläft, kann sie dich hören."

Saskia: „Ich warte bis sie aufgewacht ist. Kann ich dich mit einem Kaffee dazu bewegen, raus zu gehen?"

Marie blickt ihre Schwester fragend an und willigt schließlich doch ein.

Während sie gemeinsam im Café sitzen, platzt Marie vor Neugier: „Was machst du eigentlich? Wo lebst du? Deinem Outfit nach, zu urteilen, verdienst du viel Geld. Bist du verheiratet?"

Saskia lacht und sagt: „Wow, langsam Marie. Du überfällst mich mit Fragen. Nein, ich bin nicht verheiratet. Mein Geld verdiene ich in der Vermietungsbranche in Miami, Florida."

Marie: „Wow, von einem kleinen Dorf nach Florida. Warum bist du damals ohne dich zu verabschieden, vom Hof gegangen? Jede Nacht, hoffte ich auf deine Rückkehr, aber stets vergebens. Warum? Saskia, ich hätte dich so sehr gebraucht."

Saskia: „Ich musste einfach weg. Ich konnte einfach nicht mehr. Ja, ich konnte mit unserer Mutter und ihrem Freund, nicht mehr unter einem Dach leben."

Marie: „Hattest du jemals daran gedacht, wie es mir dabei gehen könnte, dich nicht mehr zu umarmen?"

Saskia: „Es tut mir sehr leid, dich alleine gelassen zu haben. Doch, tut es mir nicht leid, dass ich gegangen bin."

Marie: „Wohin bist du gegangen?"

Saskia: „Irgendwie kam ich nach Amsterdam. Von Holland schlug es mich nach Moskau. Erst später ging ich in die Vereinigten Staaten von Amerika, bis ich in Miami, Florida mein neues Leben fand."

Marie: „Du meinst, einen Mann?"

Saskia: „Nein, Marie. Ich lebe eine lesbische Beziehung mit Kim."

Marie: „Echt? Du bist lesbisch? Seit wann?"

Saskia: „Schon immer. Ich hatte immer schon Mädchen geliebt, und keine Jungs. Das war mir schon als Kind bewusst."

Während ihrer Unterhaltung kommt Alex hinzu. Er sagt: „Saskia, ich müsste dich dringend sprechen. Alleine und dies ist dienstlich."

Saskia: „Okay, nimm Platz. Was auch immer du zu sagen hast, Marie darf es ebenfalls hören."

Zögerlich beginnt Alex: „Saskia, ich gehe davon aus, dass du mit einem Taxi gekommen bist, das du gelenkt hast?"

Saskia schmunzelt und nickt. Alex spricht weiter: „Der Fahrer wurde durch einen Kampfsport Schlag außer Gefecht gesetzt. Dieser Schlag hätte auch tödlich enden können, meinte der Arzt. Möchtest du mir erzählen wie es dazu kommen konnte? Kannst du Karate oder Taekwondo?"

Saskia schmunzelt und sagt: „Ich kann einige Griffe und Schläge, von allen Kampfsportarten. Es war nicht tödlich, sondern ein harmloser Knockout."

Alex: „So ein gezielter Schlag ist verboten, Saskia. Daraufhin müsste ich dich jetzt verhaften."

Saskia: „Und warum tust du es nicht?"

Alex: „Es gibt keine offizielle Anzeige."

Saskia: „Dann, ist ja alles gut."

Alex: „Nichts ist gut, Saskia. Koreanische Knockout-Kampfschläge müssen gemeldet werden, weil sie strengstens verboten sind. Das ist wie ein illegaler Waffenbesitz."

Saskia: „Gut, dann melde es doch. Erzählte er dir, warum er sich diesen Schlag verdient hatte?"

Alex: „Er sagte, er sei selber schuld, da er ein Nein nicht richtig gehört habe, oder so ähnlich."

Marie mischt sich ein: „Was ist hier eigentlich los?"

Saskia versucht die Situation zu beruhigen und sagt: „Der Taxifahrer überschritt seine Grenzen. Ich half ihm, diese wieder zu finden."

Marie: „Saskia, was ist geschehen? Du schlägst einen Taxifahrer und wirst von der Polizei verhört? Wer bist du, Saskia? Oder anders gefragt, was ist aus dir geworden? Du bist meine große Schwester die immer auf mich achtete und jetzt begegnest du auch unserer Mama mit einer Kälte, die mich erschreckt."

Saskia: „Vielleicht liegt es daran, dass du eine beschützte Kindheit hattest. Meine Beziehung zu unserer Mutter änderte sich drastisch, als sie diesen Karl in das Haus holte."

Marie: „Mama sagte damals, du hättest Vaters Tod nicht überwunden und deswegen, Karl keine Chance gegeben, obwohl er uns beschützte und liebte."

Saskia: „Was versteht Mutter unter beschützen und lieben? Unser Papa war ein sehr liebevoller und fürsorglicher Vater. Über seinen Tod wurde geschwiegen und Mutter hatte ihn sehr schnell ersetzt, mit dem Mann, den unser Papa, nicht leiden konnte. Karl war Bürgermeister und ein Spinner. Und genau mit diesem Spinner, ist unsere Mutter dann zusammengekommen."

Marie: „Das ist doch schon sehr lange her und unsere Mama ist diese Beziehung für uns eingegangen. Uns ging es doch gut."

Saskia: „Nicht für uns, Marie. Karl flirtete schon damals mit unserer Mutter, was unseren Vater ärgerte."

Marie: „Das ist also der Grund, warum du Karl nicht akzeptieren konntest."

Saskia blickt zu Alex und fragt: „Was steht eigentlich über unseren Vater, in euren Akten? Wie ist er tatsächlich gestorben?"

Alex: „Darüber habe ich keine Kenntnisse. Ich war genauso wie Marie ein 8-jähriges Kind. Soviel ich weiß, war es ein Verkehrsunfall."

Saskia: „Dieses Dorf hat noch einiges aufzuarbeiten. Vielleicht ist es dein Schicksal, Alex, Licht ins Dunkel zu bringen."

Saskia steht auf und sagt weiter: „Jetzt werde ich mir ein Hotel suchen."

Marie: „Wozu? Du bist auf unserem Hof Zuhause."

Saskia: „Lieb von dir. Seit Papas Tod, ist es nicht mehr mein Zuhause. Hier ist meine Telefonnummer, Marie. Ich werde in der Stadt eine Unterkunft finden und das Dorf meiden."

Saskia geht fort und als Marie sie aufhalten möchte, hält Alex sie zurück: „Lass sie gehen, Marie. Sie wird Ruhe brauchen."

Nachdem sich Marie wieder gesetzt hat, sagt sie: „Jetzt sehe ich meine Schwester nach 16 Jahren wieder, und irgendwie ist sie mir fremd geworden. Was ist damals geschehen?"

Alex: „Ich weiß es nicht. Wir beide waren noch klein. Offensichtlich hat Saskia keine guten

Erinnerungen an Daheim. Der Tod eures Vaters, beschäftigt sie noch heute."

Zur selben Zeit hat Saskia ein Hotel, ganz in der Nähe vom Krankenhaus gefunden. Bei der Rezeption bucht sie ein Mietauto, um mobil zu sein. Vorrangig möchte sie ihren Koffer vom Flughafen, den sie deponiert hat, abholen. Nach der Besichtigung des Hotelzimmers fährt sie zum Flughafen. Jedoch kommt sie nicht weit.
Major Koffler hält sie auf: „Wohin wollen wir den fahren?"

Genervt antwortet Saskia: „Koffler, mit dir möchte ich nirgendwo hinfahren. Was willst du von mir?"

Major Koffler: „Ohne meiner Einwilligung verlässt du nicht die Stadt. Ich behalte dich im Auge."

Saskia: „Bin ich schon wieder verhaftet?"

Major Koffler: „Nein, noch nicht. Dies kann sich jedoch schnell ändern."

Saskia: „Du spinnst, Koffler. Darf ich jetzt meinen Koffer vom Flughafen holen? Oder möchtest du mir Polizeischutz geben?"

Major Koffler: „Dein KO-Schlag auf den Taxifahrer wird noch ein Nachspiel haben. Denk daran, du bleibst im Land."

Saskia fährt los, mit den Worten: „Lass mich in Ruhe, Koffler."

Marie verbringt ihre Zeit am Krankenbett ihrer Mutter. Die negativen Worte ihrer Schwester beschäftigen sie noch sehr. Sie fragt sich, was damals vorgefallen sei, dass Saskia überhaupt den Hof verlassen hatte. Und warum, begegnet sie ihrer Mutter mit so einer merkwürdigen Kälte? Auch ihr Jugendfreund Alex, kann ihre Fragen nicht beantworten.

Am Abend gönnt sich Saskia endlich ein entspanntes Vollbad im Hotel. Der polizeiliche Trubel um ihre Person macht ihr ebenso zu schaffen, wie die Zeitumstellung aus den USA.

Nach einem kleinen Schläfchen steigt sie aus der Badewanne und trocknet sich mit einem Handtuch ab. Um sich anzuziehen, geht sie in das Zimmer zu ihrem Koffer. Erschrocken bleibt sie stehen. Major Koffler sitzt neben dem Bett auf einem Stuhl und sagt: „Bezaubernd."

Saskia reagiert sehr wütend: „Spinnst du? Was fällt dir ein, in mein Zimmer einzudringen?"

Major Koffler: „Ich bin Polizist, ich darf das, wenn Gefahr im Verzug besteht."

Saskia schreit ihn an: „Welche Gefahr besteht jetzt gerade?"

Major Koffler: „Zügle deine Stimmlage. Ich kann dich auf Verdacht und Verdunkelungsgefahr auch abführen lassen."

Saskia: „Darf ich mich jetzt anziehen? Oder, möchtest du mich splitternackt quälen?"

Major Koffler: „Nur zu, obwohl du mir so auch gefällst."

Saskia verzichtet auf Unterwäsche und zieht rasch ein Sommerkleid an. Hauptsache, nicht gänzlich unbekleidet.

Major Koffler beginnt seine Befragung: „Nochmals von Beginn an. Warum bist du vom Hof geflohen?"

Saskia: „Du weißt warum. Jetzt tu nicht so scheinheilig. Dein Freund Karl hatte dir sicher alles ganz genau erzählt."

Major Koffler: „Ja, dass er dir die Lesben-Krankheit austreiben wollte um dich zu heilen. Was geschah auf der Flucht? Karl musste direkt hinter dir gewesen sein. Warum stürzte er ab? Ich glaube nach wie vor nicht an einen Unfall."

Saskia: „Er war nicht in meiner Nähe, verdammt noch einmal. Das hatte ich doch mehrmals ausgesagt. Wie es zu dem Unfall kommen konnte, weiß ich nicht."

Major Koffler: „Saskia, ich zweifle an deiner Aussage. Deshalb, habe ich eine Exhumierung beantragt, um eine genaue Todesursache durchführen zu lassen. Mord verjährt niemals, Saskia."

Saskia: „Was versprichst du dir nach 16 Jahren?"

Major Koffler: „Die Wahrheit für meinen besten Freund."

Saskia: „Gut, ich bin ebenfalls für die Wahrheit. Störe seine Totenruhe und lass ihn ausgraben, damit ich endlich eine Ruhe von dir habe."

Major Koffler erhebt sich und sagt beim Gehen: „Ich werde dir den Mord an Karl Brenner beweisen. Das verspreche ich dir, Saskia Steiner."

Am nächsten Morgen ruft Marie bei Saskia an, um ihr mitzuteilen, dass ihre Mutter aufgewacht ist. Unverzüglich macht sich Saskia auf den Weg in das Krankenhaus.

Sie betritt das Zimmer und ihre Mutter Jessica, begrüßt sie mit den Worten: „Saskia, es tut mir alles so sehr leid."

Saskia fragt nach: „Was genau, tut dir leid?"

Jessica: „Alles, mein Schatz. Marie, dürfte ich mit deiner Schwester kurz alleine sprechen?"

Saskia: „Marie, du bleibst."

Jessica blickt Marie an, bis sie schließlich, doch das Zimmer verlässt. Die Tür lehnt sie jedoch nur an.
Dann, sagt Jessica zu ihrer älteren Tochter: „Mir tut alles sehr leid."

Saskia fragt nochmals: „Was genau? Was genau tut dir leid? Dass du deine Tochter nicht vor deinem Lover beschützt hast? Dass dein Freund, masturbierend in mein Zimmer kam und sich auf meinem Bett erleichterte und du dabei lächelnd zugesehen hast? Was genau tut dir jetzt leid? Dass dein Freund mich täglich missbrauchte, vergewaltigte und mich als Sexobjekt benutzte? Also, was genau tut dir leid?"

Jessica laufen Tränen über das Gesicht und antwortet: „Absolut alles, Saskia."

Saskia: „Du hast es geduldet und zugelassen, wie dein Freund mich sexuell ausgebeutet hat."

Jessica fleht Saskia an: „Bitte verzeih mir. Ich werde sterben und möchte mit dir Frieden schließen."

Saskia schreit ihre Mutter an: „Niemals, werde ich dir verzeihen."

Jessica: „Er wollte dir zeigen, wie schön heterosexuell sein kann."

Saskia ist außer Sich vor Wut: „Indem er mich permanent vergewaltigt hatte? Was ist daran schön?"

Marie kommt weinend hinzu und sagt: „Mama, spricht Saskia die Wahrheit?"

Jessica nickt und schließt ihre Augen dabei.
Marie kann es nicht glauben und fragt: „Du hast dabei zugesehen, wie deine Tochter dieses Martyrium erleben musste? Du hast sie regelrecht geopfert für deinen perversen Freund? Sag, dass das nicht stimmt."

Jessica: „Ich glaubte, Saskia würde es gefallen, weil sie sich nicht, wehrte."

Saskia: „Ich war 13 Jahre, als dein Spinner mich schmerzhaft entjungfert hatte. Ich muss hier raus."

Saskia knallt die Tür hinter ihr zu und Marie kann es nicht fassen, was sie mitanhören musste. Immer wieder fragt sie ihre Mutter, ob es stimmt, was Saskia sagte.

Jessica gibt sich reumütig und versucht sich selbst zu verteidigen: „Ich bekam erst viel später mit, dass Karl sie vergewaltigt hatte. Das wusste ich nicht, bitte glaube mir. Ja, er onanierte vor ihr, das stimmt. Doch, ist es so schlimm, wenn ein Mann vor dir, sich selbst befriedigt? Das ist doch ein Kompliment, dass die Frau, nur durch ihre Anwesenheit, einen Mann zum Höhepunkt bringt."

Marie ist entsetzt: „Er masturbierte vor deiner Tochter, das ist krank und pervers. Du hättest sie beschützen müssen. Für eine Frau ist es nur dann schön, wenn sie es möchte."

Jessica: „Ich hatte es nicht erkannt, wie sehr Saskia darunter gelitten hatte."

Marie: „War ich auch sein Lustobjekt?"

Jessica: „Nein, du warst zu jung, Marie. Das hätte ich niemals zugelassen."

Marie: „Womöglich musste Saskia seine Spuren noch selbst beseitigen. Du hast es zugelassen, wie ihr Leben, sexuell zerstört wurde."

Jessica: „Marie, bitte versuch du mich zu verstehen. Saskia sagte damals, sie sei lesbisch. Sie liebt Mädchen und bei den Jungs empfindet sie keine Erregungen. Karl wollte sie davon überzeugen, dass dies abnormal sei. Er wollte sie auf den richtigen Weg bringen. Das war doch sehr führsorglich. Du kennst doch die Dorfgemeinschaft. Sie hätten Saskia das Leben zur Hölle gemacht. Das wollte Karl verhindern. Dass er zu weit gegangen war, und sie vergewaltigte, wusste ich nicht. Er sagte mir, er habe auf ihren Wunsch, ihr den Start in das Sexualleben ermöglicht und aus diesem Grund mit ihr sexuell verkehrt. Das war für mich in Ordnung. Gerade wenn man unerfahren ist, ist ein guter und einfühlsamer Lehrer sehr vorteilhaft. Bitte glaube mir. Es tut mir so unendlich leid."

Marie: „Das ist deine Sicht. Saskia erlebte es ganz anders. Ich werde jetzt gehen. Die Aufregung tut dir nicht gut. Ich werde dich später wieder besuchen."

Nach dem Verlassen des Krankenhauses, ruft sie Saskia an. Sie vereinbaren ein Treffen in der Hotellobby.

Die Begrüßung der beiden Schwestern, ist sehr liebevoll und sehr innig. Marie bedauert, wie sehr ihr es leidtut und von all dem überhaupt nichts gewusst und mitbekommen zu haben.

Marie: „Jetzt kann ich deine Kälte gegenüber unserer Mutter verstehen. Sie sieht es etwas anders als du. Ihr ist es gar nicht bewusst, wie sehr du darunter gelitten hast und welche Erniedrigung du durchstehen musstest. Ist sie naiv oder war sie blind vor Liebe? Warum hatte sie dich nicht beschützt?"

Saskia: „Wie du es richtig erkannt hast. Aus Liebe zu Karl verharmlost sie sein Verhalten. Er wollte mir die sogenannte Krankheit austreiben. Wenn ich das schon höre. Das ist doch keine Krankheit, sondern eine Neigung mit allen Reizen und aus tiefstem Herzen. Wir leben im 21. Jahrhundert und nicht im Mittelalter."

Marie: „Wenn ich daran denke, wie es dir ergangen ist, dann legt sich ein kalter Schauer über meinen Nacken, der sich über den ganzen Körper ausbreitet. Wie konntest du es überhaupt je verarbeiten ohne daran zu zerbrechen?"

Saskia: „Die Gelegenheit zu bekommen, irgendwann flüchten zu können, trieb mich an, es durchzustehen. Ich sah meinen Körper als Gegenstand der benutzt wird. Meine Seele und mein Herz bekam er nie."

Marie: „Was war an dem Tag deiner Flucht anders? Was war der Auslöser, es jetzt durchzuziehen?"

Saskia: „Bislang vergewaltigte, unter Anführungszeichen, nur er mich. An diesem Tag war ein weiterer Mann dabei. Meine Augen waren verbunden und meine Hände über dem Kopf gefesselt. Ich wurde auf Karl positioniert und der andere Typ, vergewaltigte mich von hinten. Eine sehr schmerzhafte Doppelpenetration ohne jegliches Gefühl und mit einer unmenschlichen Brutalität. Zudem kommt hinzu, dass ich kurz vorher eine Abtreibung ertragen musste, die sehr schmerzhaft war. Mein Intimbereich war noch sehr mit Wunden übersehen."

Marie weint und ist schockiert. Saskia umarmt ihre Schwester und sagt weiter: „An diesem Tag war ich bereit zu sterben. Ich dachte, jetzt oder nie."

In diesem Moment kommt der Polizist Alex hinzu. Er begrüßt die Schwestern und setzt sich zu ihnen.

Saskia fragt sarkastisch: „Bin ich schon wieder verhaftet?"

Alex antwortet: „Nein, Saskia. Bist du darüber informiert, dass Major Koffler, den Leichnam von Karl Brenner exhumieren lässt?"

Saskia: „Ja, dies sagte er mir, nachdem er in mein Zimmer eindrang, während ich in der Badewanne lag."

Alex und Marie sind sehr verwundert und Marie fragt: „Hattest du die Tür nicht versperrt gehabt?"

Saskia: „Doch, natürlich. Er verschaffte sich Zutritt, da angeblich Gefahr im Verzug wäre. Ein sehr unangenehmer Zeitgenosse."

Marie fragt nach einer kurzen Denkpause: „Wer war der zweite Mann, an diesem Tag?"

Saskia: „Ich weiß es nicht. Auf jeden Fall, verletzte ich ihn an seinen Genitalien, während meiner Fluchtaktion. Doch, wer das war, habe ich nicht gesehen, noch habe ich einen Verdacht, wer es hätte sein können. Fakt ist, ein sehr brutaler und menschenfeindlicher Vergewaltigter ohne Skrupel."

Alex: „Das gehört angezeigt, damit der Täter ausgeforscht werden kann."

Saskia: „Nach 16 Jahren? Ich bitte dich, Alex, was soll das bringen?"

Alex: „Bezüglich zu dem Autounfall eures Vaters, laut den Protokollen, war es Eigenverschulden eures Vaters. Mehr konnte ich nicht finden."

Saskia: „Dem ist sicher nicht so. Da stimmte etwas nicht."

Alex: „Wie konntest du dich aus den Fängen der beiden Vergewaltigter losreißen?"

Saskia überlegt kurz und antwortet: „Gut, aber gehen wir in mein Hotelzimmer."

Saskia beginnt ihr Erlebtes zu erzählen:

Fassungslos und zu tiefst bestürzt, folgen Marie und Alex, Saskias Berichten: „Nicht genug, nichts sehen zu können, meine Hände gefesselt, ohne jegliche Möglichkeit mich zu wehren und Karls Geschlechtsteil tief in meiner verletzten Vagina zu spüren, drang der zweite Mann, äußerst brutal in meinen Po ein und stößt immer wieder bis zum Anschlag nach. Diese Schmerzen sind mit Worten nicht zu beschreiben. Ich flehte, sterben zu dürfen, aber meine Bitte wurde nicht erhört. Die unzähligen festen Handschläge auf mein Hinterteil und auf meine Brüste, spürte ich gar nicht mehr. Ich fühlte mich wie ein Boxsack eines Boxers, der seinen Gegner umbringen wollte. Mit jedem brutalen Stoß in meinen Po, wurde ich wütender. Karl fühlte sich stärker denn je und ließ sich vom zweiten Mann regelrecht anspornen, wilder und brutaler zu werden. Während dann beide in meine Vagina eindrangen und brutal ihre Bewegungen absolvierten, spürte ich, wie mein Intimbereich, regelrecht aufreißt. Ich spürte das Blut und die Schmerzen waren unerträglich. Dies spornte die beiden noch mehr an und ihre Brutalität fand keine Grenzen mehr. Was sie noch alles mit mir machten, erspare ich euch. Meine Chance ergab sich, während des Orgasmus des zweiten Anwesenden. Ich konnte meine Hände befreien und trat mit den Füßen nach dem Mann hinter mir. Mit einer Hand kratzte ich so tief in seine Männlichkeit, dass sogar meine Fingernägel abgebrochen waren. Das hinterließ sicher eine ordentliche Wunde. Ich befreite mich, ohne mich umzudrehen und rannte splitternackt davon. Meine erste Nacht verbrachte ich versteckt im Wald. In und um meine Geschlechtsteile war alles blutverschmiert. Von einem nahegelegenen Bauernhof, nahm ich mir schmutzige Arbeitsklamotten, damit ich überhaupt etwas anziehen konnte. Alleine und ohne Geld, wusste ich nicht wohin. Ein LKW- Fernfahrer nahm mich nach Amsterdam mit. Er gab mir Kleidung und ich bezahlte ihn, mit mehrmaligem Oralsex. Das war das Einzige, was ich zu bieten hatte."

Alex: „Folgte dir wer, als du aus dem Haus gelaufen bist?"

Saskia: „Ja, Karl schrie nach mir. Er verfolgte mich eine Zeit lang. Irgendwann waren seine Rufe verstummt. Ab da wusste ich, dass ich es geschafft hatte."

Alex: „Gab es hierbei, einen Kampf zwischen euch?"

Saskia blickt ihn schweigend an. Alex fragt nochmals: „Saskia, bitte sprich mit mir."

Marie wischt ihre Tränen vom Gesicht und sagt: „Jetzt lass sie doch in Ruhe."

Marie nimmt ihre Schwester fest in ihre Arme und drückt sie sehr liebevoll. Sie sagt: „Wie konntest du diese Taten nur ertragen? Ein Wahnsinn, was du erleiden musstest. Und ich, hatte nichts mitbekommen. Warum hast du dich niemanden anvertraut?"

Saskia: „Wem hätte ich mich anvertrauen sollen? Mutter wollte es nicht sehen. Sie war und ist noch immer naiv. Ihrer Ansicht nach, war es ja nicht so tragisch. Abgesehen davon, musste ich dankbar sein, mit ihrem Spinner sexuell verkehren zu dürfen."

Marie: „Hattest du keine Schulfreunde, denen du vertrautest?"

Saskia: „Nein."

Alex betont: „Der Weg zur Polizei wäre richtig gewesen."

Saskia: „Hätte ich ihn bei seinem Freund anzeigen sollen? Das war jetzt nicht ernst gemeint, Alex, oder?"

Alex: „Hierfür gibt es Anlaufstellen, an die du dich wenden hättest können."

Saskia: „Hier im kleinen Dorf? Kann es sein, dass du realitätsfremd bist?"

Marie spürt die Anspannung und sagt:
„Aber, es ist trotz allem schön zu hören, dass du in Amerika, einen Neuanfang starten könntest."

Saskia: „Nicht so ganz, Marie. In Amsterdam musste ich mich irgendwie durchschlagen, was ohne Geld sehr schwer war. Ich machte das, was mir gelehrt wurde, jedoch diesmal, Geld dafür zu bekommen. Mein Körper wurde zu meinem Werkzeug, den ich für gewisse Stunden vermietete. Meine Gefühle dabei auszuschalten, hatte ich bereits gelernt."

Marie fragt: „Wie konntest du es mit dir vereinbaren? Du wurdest vergewaltigt, verletzt und du bist eigentlich lesbisch, und trotzdem verkauftest du deinen Körper für Sex?"

Saskia: „Nicht verkauft, sondern vermietet. Ja, ich war und ich bin lesbisch. Für diese Tätigkeit, brauchte ich keine Gefühle für Männer zu haben. Man lernt dabei sehr schnell, was Männer wollen, auch wenn ich für meine persönliche Befriedigung, eine Frau brauche. Es ist ja nur mein Körper, den ich zur Verfügung gestellt habe. Das konnte ich sehr gut trennen. Hierbei lernte ich einen Mann kennen, der mir zeigte, wie ich es professioneller machen könnte. Er nahm mich nach Moskau mit. Hierbei konnte ich mich zu einer sogenannten Nobel-Hure entwickeln. Unter meinen Kunden waren reiche Oligarchen. Meinen Ausgleich fand ich im Kampfsport, der mich auch fit gehalten hatte. Mein Typ war sehr gefragt und ich profitiere sehr von den russischen Männern."

Marie: „Hattest du kein Bedürfnis, eine Familie zu gründen?"

Saskia: „Ich bin lesbisch, Marie. Das geht aus biologischer Sicht schon nicht. Ein Kind entsteht durch Mann und Frau. Bei Frau mit Frau, kann nichts entstehen. Abgesehen davon, leistete Karl ganze Arbeit und schaffte es, dass ich keine Kinder bekommen kann. Bei der Abtreibung wurde so ziemlich alles zerstört, was man zerstören kann. Meine Gebärmutter musste entfernt werden. Eine Liebesbeziehung mit einer Frau war in meinem Job sehr schwer. Natürlich hatte ich Beziehungen, jedoch bezog sich diese meist auf das Sexuelle. Diese waren sehr wichtig für mich. Dadurch lernte ich meine erogenen Zonen kennen."

Marie fragt neugierig: „Und die wären?"

Saskia lacht und blickt Alex an. Er versteht die Botschaft und sagt mit einem Lächeln: „Ich werde euch alleine lassen. Ihr habt die Zweisamkeit unter Schwestern verdient."

Sie verabschieden sich und Alex geht aus dem Hotelzimmer.
Marie platzt vor Neugier: „Wie ist es für dich? Du hast ein Martyrium erlebt und gabst deinen Körper als Prostituierte für sexbesessene Männer her? Was hast du dabei gefühlt? Sorry, für meine Fragen, aber mich interessiert, was du dabei gefühlt hast."

Saskia antwortet: „Die sexuellen Misshandlungen, stumpften mich ab. Ich fühle Abneigung für Männer und es macht mir keinen Spaß. Jedoch ist es das Einzige, was ich kann. Ein Sexobjekt für Männer zu sein, die mich sehr gut bezahlen."

Marie: „Du erzählst deinen Lebens- und Leidensweg sehr nüchtern und kühl. Es dürfte dich sehr geprägt haben."

Saskia: „Ja, das ist der Schutzmechanismus, um nicht daran zu zerbrechen."

Marie: „Wann und wie, hast du es dann geschafft, ein normales Leben zu leben? Eine Vermietungsberaterin in Florida wird sicher nicht jede Prostituierte."

Saskia: „Ich bin nicht stolz auf meinen Beruf, Marie. Ich vermiete meinen Körper. Ich schaffte den Absprung aus der Prostitution nicht."

Zur selben Zeit, ermittelt Alex in Saskias Vergangenheit. Auch der Unfalltod ihres Vaters lässt seinen polizeilichen Spürsinn erwachen.

Unabhängig von Alex, ist die Untersuchung des Leichnams Karl Brenner, unter der Leitung von Major Koffler in vollem Gange. Brisante Details bringen die Kriminologen auf neue Spuren. Der Verdacht, dass Saskia am Tod beteiligt sein könnte, verdichtet sich.

Für Marie ist es völlig unerklärlich, warum sie die schrecklichen Vergewaltigungen an ihrer Schwester nicht mitbekommen hat.

Saskia hingegen, weiß die Antwort und sagt: „Immerhin warst du noch jung. Dies geschah im Zeitraum von deinem 9.ten bis zu deinem 12.ten Lebensjahr. Unsere Mutter behütete dich sehr und hielt alles von dir fern. Immer wenn Karl mich benutzte, schlief sie in deinem Zimmer, um dich besser beschützen zu können. Ich war ihr immer egal."

Marie: „Aber, sie sagte mir, sie hätte es nicht gewusst, dass er dich vergewaltigt hatte."

Saskia: „Oh doch, Marie, sie wusste es. Mit dir, verkroch sie sich in die heile Welt und schloss ihre Augen, vor der Realität."

Marie: „Dein Hass auf Mama, ist sehr stark ausgeprägt."

Saskia: „Ist doch nachvollziehbar, oder nicht?"

Marie: „Absolut verständlich. Doch, scheint es mir, dass dich dieser Hass, innerlich krank macht. Kann es sein, dass du deswegen als Prostituierte tätig bist und du dich damit selbst bestrafst?"

Saskia: „Was ist das für eine unqualifizierte psychologische Aussage? Ihr Freund hat mich zu dem gemacht, was ich heute bin. Mutter hat dabei zugesehen und mich fallen lassen. Also komm mir nicht, mit solchen schlauen Psycho-Sprüchen."

Marie: „Um deinen Frieden zu finden, solltest du den Schuldigen zuerst einmal verzeihen. Nur dann kannst du ein neues und freies Leben beginnen."

Saskia wird zunehmend zorniger: „Hörst du dir selbst zu? Ich bin das Opfer. Ich wurde vor den Augen unserer Mutter, von ihrem Traummann vergewaltigt. Es wäre ihre mütterliche Pflicht gewesen, mich von diesem Wahnsinnigen zu schützen."

Marie: „Ich stimme dir absolut zu. Sie hätte dich beschützen müssen. Ich möchte nicht, dass du dich selbst bestrafst für etwas, woran du nichts dafürkannst. Ich glaube, wenn du trotz allem, Mama verzeihst, du mit deiner Vergangenheit abschließen kannst."

Saskia: „Ich kann keiner Person verzeihen, die dabei zugesehen hat, wie ich sexuell misshandelt worden bin. Sie hätte es verhindern können."

Um es nicht eskalieren zu lassen, fragt Marie: „Wie lange war dein Leben in Moskau?"

Saskia: „Ich bin seit gut 2 Jahren mit Kim zusammen und mit ihr, bin ich nach Florida gegangen. Ich lernte sie vor etwa 6 Jahren in Moskau kennen. Sie ist Ärztin und untersuchte mich immer. Vor 2 Jahren hatte es dann zwischen uns gefunkt."

Marie: „Ist sie Russin?"

Saskia: „Nein, Amerikanerin. Sie war in einem Ärzte-Austauschprogramm und deswegen in Moskau tätig."

Marie: „Ist es deine große Liebe?"

Saskia: „Ja, sie ist mein Leben."

Marie: „Wie war es für dich in Moskau?"

Saskia: „Moskau ist eine wunderschöne Stadt und die Menschen sind sehr nett. Ich habe mich sehr heimatlich gefühlt. Sogar mehr als in Florida. In Moskau lernte ich die Kampfsportarten und verdiente sehr gutes Geld. Was in Moskau auch beeindruckend war, ist der Zusammenhalt und das gegenseitige Aufpassen. Das hat mich sehr bewegt. Bei manchen

Oligarchen verdiente ich unfassbar viel Geld und ich gehörte zur Familie. Das war echt krass."

Marie: „Das klingt, als ob es dir gefällt, Prostituierte zu sein."

Saskia: „Nein, diesen Job mag ich nicht, egal wo ich tätig bin. Es macht aber einen Unterschied, wie man behandelt wird. In Moskau, entstanden Freundschaften und teilweise wurde ich in ihre Familie aufgenommen. In Florida gibt es das nicht."

Marie: „Was wäre eine Option, dass du den Job als Prostituierte beendest?"

Saskia: „Keine Ahnung. Das kann ich recht gut und ich bin bei den Freiern sehr beliebt. Mittlerweile habe ich so viele Stammkunden, dass ich keine weiteren hinzunehmen kann."

Marie: „Was sagt Kim zu deinem Job?"

Saskia: „Natürlich wäre ihr lieber, ich würde diese Tätigkeit nicht ausüben. Doch, ich verdiene viel mehr, als sie als Ärztin. Sie akzeptiert es, solange ich nicht mit anderen Frauen sexuell verkehre."

Marie: „Möchtest du mit mir, auf unserem Hof wohnen?"

Saskia: „Nein, in dieses Haus setze ich keinen Fuß mehr. Jetzt erzähl doch von dir. Was tut sich in der Liebe? Alex, steht doch noch immer auf dich."

Marie lächelt: „Alex ist ein sehr guter Freund, und so soll es bleiben. Er spricht mich als Mann nicht an. Für andere Männer habe ich keine Zeit. Die Arbeiten am Hof sind genug für mich. Saskia, ich dachte du bist gekommen, damit du dich mit Mama, vor ihrem Tod, versöhnst. Jedoch, ist dies nicht der Fall. Warum bist du heimgekommen?"

Saskia: „Vorrangig deinetwegen. Du bist meine Schwester die ich schon lange nicht mehr gesehen habe, obwohl ich permanent an dich denken muss. Von Mutter wollte ich wissen, warum sie mich diesen Karl ausgeliefert hatte, ohne mich zu beschützen. Doch, du hast ihre Antwort gehört. Es sei doch nicht so schlimm gewesen und ich sollte doch froh sein, dass er mich entjungfert hat. Spricht so eine Mutter, die ihr Kind liebt?"

Marie: „Nein, eigentlich nicht. Ich denke, ihr ist gar nicht bewusst, was du durchstehen musstest. Sie sieht es komplett aus einer anderen Sichtweise. Apropos, ich sollte wieder zu ihr gehen. Ich hatte es ihr versprochen. Möchtest du mich begleiten?"

Saskia: „Nein, eher nicht. Für mich ist alles gesagt, sorry."

Marie: „Und wenn sie stirbt, bevor ihr euch aussprechen könnt?"

Saskia: „Wie du es gesagt hast, wir haben verschiedene Ansichten. Ich kann ihr nicht verzeihen. Eigentlich müsste ich sie anzeigen, wegen Beihilfe zu Kindesmissbrauch."

Marie: „Ich wünschte, ihr könntet euch versöhnen. Doch verstehe ich deinen Standpunkt sehr gut."

Marie verabschiedet sich von Saskia und besucht ihre Mutter.

Major Koffler wird zur Pathologin bestellt. Sie berichtet von der Untersuchung des Leichnams: „Die ausgeschlagenen Zähne, kommen von einem stumpfen, eher weichen Gegenstand. Der Schlag muss aber sehr heftig ausgefallen sein."

Major Koffler fragt nach: „Kann es ein Faustschlag gewesen sein?"

Die Pathologin: „Nein, eher ein Fußtritt. Wobei dieser Tritt, eine bleibende Wunde, durch die scharfkantigen zertrümmerten Zähne, beim Täter hinterlassen haben müsste."

Major Koffler kombiniert: „Bei Saskia Steiner hatte ich eine Narbe auf der Ferse gesehen."

Die Pathologin: „Ja, eine Ferse könnte diesen tödlichen Schlag verursacht haben."

Major Koffler: „Warum wurde das damals nicht festgestellt?"

Die Pathologin: „Als Todesursache wurde ein Absturz angegeben. Hierbei kommt es zu keiner pathologischen Untersuchung. Der Notarzt gab an, dass die Unfallperson im steinigen Gelände abgestürzt ist. Dass dadurch einige Verletzungen entstanden sind, war nicht als Mord ersichtlich."

Major Koffler: „Gäbe es weitere Indizien für Mord?"

Die Pathologin: „Nach 16 Jahren, ist es schwer feststellbar. Schon möglich, wobei einige Verletzungen definitiv vom Absturz sein werden. Selbstverständlich, wird die Untersuchung weitergeführt."

Am nächsten Morgen besuchen Marie und Alex, Saskia im Hotelzimmer. Marie möchte Saskia mit ihrer Mutter wieder zusammenbringen und sagt: „Saskia, ich respektiere deinen Entschluss, dass du Mama nicht verzeihen kannst. Doch, wäre es ihr sehnlichster Wunsch, bevor sie die Augen für immer schließt. Sie hat nicht mehr lange zu Leben."

Saskia ist genervt: „Mein sehnlichster Wunsch war, dass Mutter mich von dem Wahnsinnigen befreit und beschützt. Warum ist sie überhaupt mit dem Spinner zusammen gewesen?"

Marie: „Sie liebte ihn."

Saskia: „Eine tolle Antwort. Durch ihre Liebe, wurde mein Leben zerstört. Unser Vater hatte uns wirklich geliebt. Für Mutter war es immer zu wenig. Egal was er machte, sie war immer unzufrieden, obwohl er der beste Papa und auch Ehemann war. Sein ominöser Unfall, kam ihr sehr recht. Endlich war der Weg frei für den Verrückten. Um seine Liebe zu gewinnen, opferte sie mich, ihre eigene Tochter."

Sie blickt zu Alex und fragt: „Warum bist du mitgekommen? Ist es privat oder dienstlich?"

Alex antwortet: „Aus beiden Gründen. Du hattest meine letzte Frage nicht beantwortet,

Saskia. Gab es einen Kampf zwischen dir und Karl Brenner, während der Flucht?"

Saskia: „Sag du es mir, wozu bist du Polizist?"

Marie: „Saskia, Alex möchte dir helfen, egal was damals passiert ist. Er muss die Wahrheit wissen, damit er dir helfen kann."

Saskia: „Habt ihr euch schon einmal gefragt, wo Mutter während meiner Flucht war?"

Marie: „Wir könnten sie doch gemeinsam fragen."

So soll es auch geschehen. Saskia, Marie und Alex gehen gemeinsam zu Jessica Steiner und konfrontieren sie mit dieser Frage.

Ihre Mutter antwortet: „An diesem Tag war ich sehr müde. Karl hatte noch zu tun und Marie ging es nicht gut. Ich war mit ihr, in ihrem Zimmer eingeschlafen."

Saskia: „Also, wie immer. Wer war an diesem Tag noch im Haus?"

Mutter: „Das weiß ich nicht. Vielleicht hatte Karl noch ein berufliches Gespräch. Als Bürgermeister war er immer präsent. Saskia, ich bitte dich um Vergebung, für alles was war."

Saskia gibt ihrer Mutter keine Antwort. Dann fragt Marie ihre Schwester: „Hättest du nicht einfach, ja, ich vergebe dir, Mama, sagen können?"

Saskia: „Das kann ich nicht."

Noch bevor Marie nachfragen kann, klopft es an der Tür. Major Koffler kommt herein.
Er sagt: „Saskia Steiner, ich verhafte sie, wegen Mordes an Karl Brenner."

Alex versucht die Situation zu besänftigen und fragt, welche Beweise es gibt.
Major Koffler antwortet: „Bei der Obduktion, wurden DNA-Spuren gefunden, die eindeutig von Saskia Steiner sind. Eine Rekonstruktion ergab, wie es zum Tod gekommen ist. Das Opfer wurde durch Fußtritte im Bereich des Kopfes getötet. Die ausgeschlagenen Zähne müssen Wunden hinterlassen haben. Saskia Steiner, zeig uns deine Füße."

Saskia blickt zu Alex und fragt ihn: „Muss ich meine Füße zeigen?"

Alex: „Ja, Saskia."

Saskia entkleidet ihre Füße und am rechten Fuß an der Ferse ist eine Narbe zu sehen.

Major Koffler: „Diese Verletzung passt zum tödlichen Tritt. Ein Geständnis könnte sehr hilfreich sein, bevor ein medizinisches Gutachten erstellt wird."

Saskia schweigt. Daraufhin, wird Saskia von Major Koffler verhaftet und abgeführt.

Ratlos und enttäuscht bleiben Marie und Alex im Krankenzimmer von Jessica zurück.

Marie ist verzweifelt: „Das kann doch nicht wahr sein. Alex, bitte hilf Saskia und bring sie mir zurück."

Alex: „Die Beweise sind erdrückend."

Marie schreit ihn an: „Saskia, ist doch keine Mörderin."

Ihre Mutter Jessica weint und drückt die Hand von Marie. Alex sagt: „Ich lasse deine Schwester nicht im Stich, das verspreche ich dir."

Nachdem Alex gegangen war, fragt Marie ihre Mutter: „Was geschah damals, Mama? Warum ging es mir nicht gut?"

Mutter: „Du hattest, besonders nachts sehr oft Angst. Deswegen war ich bei dir, um dich zu beschützen."

Marie: „Warum hast du Saskia nicht beschützt?"

Mutter: „Sie war stark und ich hatte nicht das Gefühl, sie beschützen zu müssen. Sie lehnte meine körperliche Nähe ab. Bei dir war es anders. Du brauchtest meine Nähe."

Marie: „Traust du Saskia einen Mord zu?"

Mutter: „Wer kann schon in eine andere Seele blicken. Ich weiß es nicht, Marie."

Marie: „Wusstest du, dass Saskia eine Prostituierte ist?"

Mutter: „Ach, Marie. Den Drang und die Liebe zur Sexualität hatte sie schon sehr früh. Sie wählte den Beruf, den sie am meisten mag. Ihre weiblichen Reize entwickelten sich recht früh, und darauf war sie sehr stolz. Immer wieder präsentierte sie ihre Brüste, sogar beim Essen."

Marie ist etwas verwirrt. Sie bekommt zwei Versionen präsentiert. Wem soll sie nun glauben?
Sie versucht, Erklärungen zu bekommen und fragt: „Störte es dich, dass Karl mit Saskia sexuell verkehrte?"

Mutter sagt: „Karl hat sie in die Sexualität eingeführt, das war ja nicht schlimm. Ein erfahrener Mann beim ersten Mal, ist doch vorteilhaft. Abgesehen davon, hatte sie die Möglichkeit, heterosexuell zu werden."

Marie: „Und, was fühlst du, dass Saskia wegen Mordes beschuldigt wird und verhaftet worden ist?"

Mutter: „Wenn sie etwas Schlimmes angestellt hatte, muss sie dafür geradestehen. Die Polizei wird es herausfinden."

Marie: „Liebst du Saskia?"

Mutter: „Natürlich, sie ist meine Tochter."

Marie: „Warum möchtest du, dass sie dir verzeiht und was sollte sie dir verzeihen?"

Mutter: „Sie meint, ich hätte die angeblichen Vergewaltigungen nicht gesehen. Ich wusste nicht, was sie erleiden musste. Ich möchte in Frieden sterben und nicht im Streit von meinen Töchtern gehen."

Marie kommt zu einem Entschluss und sagt: „Ich habe das Gefühl, dass du auf Saskia eifersüchtig warst und deshalb sie nicht beschützt hast."

Mutter: „Du irrst dich gewaltig, Marie. Gerne wäre ich auch in ihrer Nähe gewesen, sowie bei dir. Ich möchte wieder schlafen, ich fühle mich schwach."

Marie gibt ihr einen Kuss und verlässt anschließend das Krankenhaus, um auf ihren Hof zu fahren.

Alex kämpft sich weiterhin durch die alten Akten und Berichte. Da er teilweise nichts Brauchbares findet, besucht er eine Ex-Freundin von seinem Vorgesetzten Major Koffler, die in einer anderen Stadt lebt. Irgendetwas sagt ihm, dass Koffler sehr einseitig ermittelt. Seiner Ansicht nach, konzentriert er sich zu sehr auf Saskia.

Beim Treffen mit Maria Seiler, möchte er versuchen, mehr über seinen Chef zu erfahren. Die Ex- Freundin Maria, ist nicht gut auf Koffler zu sprechen. Trotzdem gelingt es Alex, ein Gespräch zu finden.

Unter anderem fragt er sie: „Frau Seiler, sie waren vor 16 Jahren mit meinem Vorgesetzten liiert. Waren in dieser Zeit, außergewöhnliche Umstände? Ist etwas vorgefallen, was ihnen zu bedenken gab?"

Maria antwortet: „Nun, vor 16 Jahren stürzte sein bester Freund ab. Das war für ihn sehr schwer zu verkraften. Bei der Suche nach Brenner verletzte er sich auch ziemlich schwer."

Alex: „Major Koffler war bei der Suche dabei und verletzte sich? Davon steht in den Berichten nichts."

Maria: „Ja, er rutschte über einen felsigen Abgrund und verletzte sich an seinen Genitalien. Hierbei verlor er einen Hoden und sein männliches Stück musste genäht werden. Seitdem ist er, wie soll ich sagen, nicht mehr ein ganzer Mann."

Alex: „War das der Grund der Trennung?"

Maria: „Unsere Beziehungsprobleme fingen schon früher an. Er war sehr cholerisch und seine Sex-Fantasien, waren mir zu wild. Ich hätte mich früher oder später, sowieso von ihm getrennt."

Mit dieser Erkenntnis konnte er etwas anfangen. Wann genau, verletzte sich Koffler tatsächlich? War er der weitere Mann, der Saskia vergewaltigte und war sie es, die ihn verletzte, wie sie es beschrieben hatte?

Eine Frage hat Alex noch: „Können sie sich, eventuell daran erinnern, ob er seine Hose noch hatte?"

Maria: „Ich glaube, diese wurde zusammen mit der Unterhose, im Krankenhaus entsorgt."

Er bedankt sich für das Gespräch und fährt zurück in die Polizeiwache. Bereits während der Fahrt, kreisen seine Gedanken.

Warum steht nichts von einer Suche nach Karl Brenner in den Berichten? Hier steht lediglich, dass der Tote von einem Jäger gefunden wurde, und er den Notruf absetzte.

Alex denkt an die Worte von Marie. Er soll selbstbewusster sein und trotz Uniform, stets fair und menschlich handeln. Gestärkt und entschlossen, sucht er nach Beweisen des damaligen behandelten Ärzteteams.

Nachdem er alle Fakten zusammengetragen hat, bittet er Koffler, Saskia besuchen zu dürfen.
Während dem Besuchsgespräch in der Untersuchungshaft, fragt Alex: „Saskia, hast du einen Verdacht, wer der zweite Mann gewesen sein könnte?"

Saskia antwortet: „Verdacht schon, aber überhaupt keine Beweise. Und, solange ich es nicht mit Sicherheit weiß, werde ich keinen Verdacht äußern."

Alex: „Okay. Vielleicht hilft es dir, wenn ich dir sage, dass Koffler vor 16 Jahren einen Hoden verlor und sein Genitalbereich verstümmelt worden ist. Ja, Saskia, es war Koffler."

Saskia: „Das bestätigt meinen Verdacht. Ich spürte es, aber ich konnte es nie beweisen."

Alex: „Wir konfrontieren ihn jetzt. Bist du bereit?"

Alex ruft Major Koffler zum Gespräch hinzu. Alex sagt: „Herr Major, es gibt Beweise, wie sie gemeinsam mit Herrn Karl Brenner, Saskia vergewaltigt hatten. Sie wehrte sich energisch und seitdem haben sie eine Verletzung am Genitalbereich. Dies wurde mir im Krankenhaus bestätigt. Genau an dem Tag, als Saskia flüchtete, starb Karl Brenner und sie wurden ambulant behandelt. Die Aussagekräftigen Fotos, sind unter meinem Verschluss."

Major Koffler: „Ich verletzte mich bei der Suche nach Brenner."

Alex: „Es gab keine Suche, Herr Major. Ich kann die Fotos inklusive aller Fakten und Beweise, der Staatsanwaltschaft übergeben."

Major Koffler wird schweigsam und nachdenklich. Er steht auf und geht nervös im Raum auf und ab. Alex steht hinter Saskia und er lässt Koffler nicht aus den Augen. Nach einiger Zeit, bleibt Koffler beim Fenster stehen. Sein Blick ist aus dem Fenster gerichtet und er sagt: „Gut, Saskia. Wir wissen beide, dass du die tödlichen Tritte, Karl verpasst hast. Stimmst du mir zu?"

Saskia gibt keine Antwort. Er dreht sich zu ihr und sagt: „Keine Antwort ist auch eine Antwort, Saskia.“

Alex sammelt seinen ganzen Mut zusammen und sagt: „Wir alle in diesem Raum wissen, dass sie Saskia, gemeinsam mit Karl Brenner, brutal vergewaltigt haben.“

Major Koffler: „Gut, Saskia. Können wir uns alleine unterhalten?“

Saskia: „Alex, bleibt in diesem Raum.“

Major Koffler: „Gut. Ich werde die medizinische Untersuchung, bezüglich deiner Ferse für das Gutachten absagen. Mit der Begründung, dass du mir deinen Fuß, bereits freiwillig vorgelegt hast und ich keine Spuren von Narben wahrnehmen konnte. Ihr beide vergesst, was in diesem Raum gesprochen wurde. Saskia, du schweigst über mich. Ich werde dich unverzüglich aus der U-Haft entlassen.“

Saskia fügt hinzu: „Zuerst erzählst du mir, warum du mich vergewaltigt hast.“

Major Koffler: „Gut, zuerst sagst du mir, dass du meinen Freund Karl getötet hast.“

Saskia überlegt kurz und sagt dann: „Ich habe

mich lediglich gewehrt. Er packte meinen Fuß, worauf wir beide auf den Boden stürzten. Ja, ich trat nach ihm, um mich zu befreien."

Major Koffler: „Es war nicht nur ein Befreiungstritt, Saskia. Sein Gesicht wurde regelrecht zertrümmert."

Saskia: „Es war Notwehr. Ich wollte mich befreien. Und jetzt erzählst du, warum du mit Karl gemeinsam, mich brutal vergewaltigt hast."

Major Koffler: „Ich konnte Karls Einladung, dich sexuell zu benutzen nicht abschlagen. Deiner Schwester und deiner Mutter, gaben wir K.O. Tropfen, damit sie nichts mitbekommen. Es wäre ein großartiger Tag für uns alle gewesen, wenn du nicht die Beherrschung verloren hättest."

Saskia: „Für uns alle? Ihr habt mich gefesselt, die Augen verbunden und mich so brutal vergewaltigt, dass ich im gesamten Intimbereich blutete."

Major Koffler: „Gut, für dich vielleicht nicht so toll, okay. Wie auch immer. Ihr schweigt für immer und du bist frei, Saskia. Sämtliche Ermittlungen gegen dich, werden eingestellt. Am besten wäre, du würdest wieder in das Ausland verschwinden. Und ihnen, Herr Bäumler, empfehle ich, diesen Deal einzugehen. Immerhin bin ich der ranghöhere Beamte und auch ihr Vorgesetzter."

Alex akzeptiert diesen Deal, aus Angst und Respekt vor Koffler, aber voranging für Saskia.

Erst draußen, fragt Saskia: „Alex, vertraust du Koffler?"

Alex antwortet: „Nein. Deswegen habe ich alles mit dem Smartphone aufgenommen. Dein Geständnis ist jedoch, ebenfalls aufgezeichnet."

Saskia: „Wirst du es gegen mich verwenden?"

Alex: „Nein, niemals. Diesen Deal ging ich nur für dich und Marie ein. Du könntest aber für mich bei Marie, ein gutes Wort einlegen."

Saskia: „Enttäusche sie, aber auch mich nicht, als guter Freund, Alex. Du selbst, musst um sie werben, nicht ich."

Alex bringt Saskia in ihr Hotel und fährt anschließend zu Marie auf den Hof. Er überbringt ihr die gute Nachricht, dass Saskia entlassen wurde und sämtliche Ermittlungen eingestellt wurden. Daraufhin umarmt sie Alex und sagt: „Schön, dass du es geschafft hast. Ich bin sehr stolz auf dich."

Alex genießt die liebevolle Umarmung, trotz des schlechten Gewissens, seinen polizeilichen Schwur gebrochen zu haben. Ihm ist bewusst, dass er aus polizeilicher Sicht, niemals diesen Deal eingehen hätte dürfen. Koffler ist ein Vergewaltiger und Saskia müsste wegen Totschlages, auch wenn sie in Notwehr gehandelt hatte, angeklagt werden. Das spricht gegen das, warum er zur Polizei ging.

Saskia genießt ihre Freiheit in ihrem Hotelzimmer. Ihre Sehnsucht nach ihrer Geliebten, wird immer größer. Sie telefoniert sehr ausgiebig mit Kim, worauf sie sich bereit erklärt, den nächsten Flug zu buchen, um in Saskias Heimat Urlaub zu machen.

Am Abend desselben Tages, kommt Marie zu Saskia. Sie spricht ihre Schwester direkt auf ein heikles Thema an: „Saskia, hast du Karl getötet, was dir Koffler vorgeworfen hatte?"

Saskia: „Möglich, ich denke schon, aber ich weiß es nicht mit Sicherheit. Ich hatte mich gewehrt und auf ihn eingetreten. Ob er tatsächlich daran verstorben ist, kann ich nicht sagen."

Marie: „Wie geht es dir dabei, ein Menschenleben beendet zu haben?"

Saskia: „Wenn, dann war es Notwehr, Marie. Ich hatte es nicht geplant. Er hatte mir unerträgliche Schmerzen zugeführt, die ich nicht mehr ertragen konnte und wollte. Was erzählte dir Alex?"

Marie: „Nur, dass du frei bist und die Ermittlungen eingestellt sind."

Saskia: „Hat er dir erzählt, dass Karl dir und Mutter an diesem Tag, K.O.-Tropfen verabreicht hatte?"

Marie: „Was hat er? Warum machte er das?"

Saskia: „Damit sie mich ungestört vergewaltigen konnten."

Marie: „Das ist alles so schrecklich. Aber, das heißt doch, dass Mama wirklich nichts davon wusste."

Saskia: „Kann sein."

Marie: „Wie konntest du das alles nur durchstehen? Dir ist so viel Schreckliches angetan worden. Und trotzdem, gibst du dich für Sex her. Ich würde alle Männer hassen."

Saskia: „Es gibt auch nette Männer, auch wenn ich keine Liebe zu ihnen spüren kann. Ich vermiete mich an Männer ohne jegliches Lustempfinden."

Marie: „Wenn ich daran denke, was einige Männer mit dir, oder deinem Körper anstellen, dreht sich bei mir der Magen um. Gerade bei einer Prostituierten, tun doch Männer alles, was sie bei ihren Frauen nicht dürfen, oder?"

Saskia lächelt: „Ja, das stimmt. Und noch viel mehr, als du dir vorstellen kannst. Aber, das ist mein Lohn."

Marie: „Was ich überhaupt nicht verstehen kann, wenn du auf Frauen stehst, überhaupt mit Männern sexuell verkehren kannst. Davor müsste dich doch ekeln. Abgesehen davon, was dir von einem Mann angetan wurde. Wenn ich daran denke, dass sie sich in deinem Mund erleichtern, du weißt schon, was ich meine. Oder, auf dir, sich pervers austoben und dich überall beflecken und das womöglich noch mit mehreren Männern."

Saskia: „Alles ist erlernbar, Marie. Es ist nicht mein Traumberuf, glaub es mir. Doch ist es das, was ich kann. Männer begehren mich und ich bringe sie, gegen Bezahlung, zu ihrem sexuellen Höhepunkt. Mein Herz und meine Liebe, bekommen sie niemals. Nur meinen Körper, für ihre sexuellen Fantasien, die sie bei mir ausüben können."

Marie: „Ich würde mich total schäbig dabei fühlen, wenn sich Männer an meinem Körper austoben würden. Noch dazu, mit diversen, perversen Praktiken eines schmierigen, übergewichtigen und stinkenden Typen, der dich erdrückt. Typen, die ihr Ding überall in dich reinstecken wollen und dabei noch grinsen wie geil sie sind, und sie dich überall mit ihrem Brunftschrei markieren. Wie deine zarte Haut deines Körpers, verklebt und beschmutzt zurückbleibt, wie ein Stück, das nicht mehr benötigt wird. Zuvor in deinen Körper, und in sämtliche Löcher gerammelt wird. Ich könnte es niemals."

Saskia: „Dafür gibt es Prostituierte, damit du es nicht ertragen musst. Denk aber immer daran, wenn Karl mich nicht permanent vergewaltigt und missbraucht hätte, ich keine Prostituierte geworden wäre. Das war und ist nicht mein Wunsch, für mein Leben. Ich wurde zu einer Prostituierten gemacht."

Marie: „Das ist ja das Unverständliche für mich, dass du es trotz allem machst."

Saskia: „Ich hatte keine Wahl, Marie. Bereits bei meiner Flucht, damit ich in ein anderes Land kommen konnte, und das ohne Geld, bezahlte ich mit sexuellen Tätigkeiten. Ich merkte wie Männer mich begehren und wie sehr, sie mit mir schlafen wollen. Es war für mich ein schnell verdientes Geld. Die Überwindung, es zu tun, war sehr hart, besonders für mich. Jahrelang musste ich es tun und dann akzeptierte ich es, um zu Überleben. Als lesbische Frau, die mit maskulinen Muskeln, behaarte Körper und männlichen Geschlechtsteilen nichts anfangen kann, also nichts Erotisches dabei empfinden kann, war und ist es die Hölle auf Erden. Ich stehe auf weibliche, rasierte und sanfte Frauen und nicht auf menschliche Affen. Verstehst du, was ich meine? Anscheinend bin ich für Männer geschaffen."

Marie: „Das bestimmt, Saskia. Dein zarter, aber großer und extrem schlanker Körper, deine großen Brüste, deine vollen Lippen, dein Barbiegesicht mit deinen langen blonden Haaren, deine schneeweißen Zähne, sind ein Traum für Männer und Frauen. Es ist nur Schade, dass du dieses Aussehen, für die Prostitution verschwendest. Warum wurdest du kein Foto-Model?"

Saskia: „Viel Unterschied, ist dabei nicht, wenn wir uns ganz ehrlich sind. Um einen lukrativen Auftrag zu bekommen, wird ein Model auch oftmals getestet, du weißt wie. Bist du nicht hörig, gibt es keinen Auftrag."

Marie: „Vielleicht hast du damit gar nicht Unrecht. Hast du jedem Mann, sexuelle Dienste angeboten, der dich bezahlte?"

Saskia: „Ja, damit ich überleben konnte. Ich bevorzugte es vaginal, und nicht im Mund. Die Überwindung diese behaarten und oft stinkenden Dinger in den Mund zu nehmen, in ihrer gesamten Größe und Länge, war sehr hart. In Moskau war es dann etwas anders. Hier lernte ich, wie man den Würgereflex umgehen kann um sich dabei nicht zu übergeben. Und, wie man vaginal feucht werden kann, wenn man nicht erregt ist. Das Muskeltraining im Vaginalbereich ist besonders wichtig, damit es anpassungsfähig ist und nach Wunsch, eng genug sein kann. Meine Kunden waren reich und gepflegt. Wobei das nichts heißt, pervers waren sie trotzdem, aber irgendwie menschlicher als ich es in Amsterdam erlebt hatte."

Marie: „Was war das Verrückteste, was du erlebt hast?"

Saskia: „Oh, da gäbe es viel zu erwähnen. Vielleicht die Orgien mit 20 bis 30 Männern. Ich als einziges weibliches Sexobjekt, und das über mehrere Stunden. Da braucht man viel Ausdauer und am besten war, nicht darüber nachzudenken, sondern einfach über sich ergehen zu lassen. Dabei kassierte ich sehr hohe Geldsummen, vergleichbar mit einem Mittelklasse Fahrzeug. Danach, musste ich mindestens eine Woche pausieren, weil einige Stellen an meinem Körper wund und geschwollen waren, dass ich kaum gehen konnte."

Marie: „War es das wert?"

Saskia: „Im Nachhinein, ja schon. Währenddessen, nein. Schau, Marie, bei Karl erging es mir viel schlechter. Er bestimmte über meinen Körper, seine Lust war mit Brutalität übersäht, und ich konnte nichts dagegen tun. Jetzt mache ich es für Geld, sehr gutes Geld. Je mehr ich aushalten kann, umso mehr verdiene ich. Sado-Masochismus Spiele, lehne ich strikt ab. Niemand darf mir Schmerzen zuführen. Dass, gewisse Stellen, wund gerieben werden, ist etwas anderes. Das Entscheidendste ist, ich bestimme über die Grenzen, wie weit ich gehen möchte und nicht mein Gegenüber. Der Großteil der Männer, die mich buchen, sind nette Menschen. Oft sind es Geschäftsleute, die von ihrer Frau, aus beruflichen Gründen von ihrem Zuhause getrennt sind, und sexuelles Vergnügen wünschen und buchen. Es ist eine ganz normale Dienstleistung. Einige von diesen Männern, sind gehemmt und schüchtern, weil sie bei einer Prostituierten nicht versagen möchten. Sie stehen unter Druck. Manchmal bin ich mehr Psychologin als Prostituierte. Der schnelle Sex, wie ich es in Amsterdam auf den Straßenstrich erlebt hatte, war vorwiegend, ganz schnell wieder vorbei. Wenn man einen Mann richtig behandelt, kommt er auch sehr rasch zum Höhepunkt. Hierbei, kommt es auf die Menge der Freier an, um Geld zu verdienen. Wenig Geld und meist schmutziger schneller Sex. Als sogenannte Nobel-Hure, ist es schon anders. Die Männer buchen dich zwar für Sex, aber du bekommst meist ein gutes und feines Essen, Drinks und was auch immer du wünscht. Diese Männer geben mit ihrem Geld an, um dich zu imponieren. Je besser du dich auf diesen Mann einlässt, umso mehr hast du etwas davon. Der Sex ist meistens, in die Länge gezogen, aber dafür angenehmer. Denn, auch diese Männer, kommen sehr schnell zum Höhepunkt, wenn du es darauf auslegst. Weniger Sex, aber unbegrenzte Verdienstmöglichkeiten. Also, genau mein Ding. Die Orgien bei den Oligarchen waren, haufenweise Sex und haufenweise Geld. Hier verdient man, in wenigen Stunden die gleiche Summe, wie eine sehr gute Ärztin in ein paar Monaten, wenn man gut ist. Das geht aber nur bedingt, glaub es mir. Kein Körper hält das oft aus."

Marie: „Und wie schützt du dich vor Krankheiten?"

Saskia: „Mit permanenten ärztlichen Untersuchungen. Anders geht es nicht. Hierfür habe ich meine jetzige Lebenspartnerin Kim, die Ärztin ist. Sie sagte oft, meine Vagina sieht aus, als hätte ich mehrere Babys hintereinander bekommen. Naja, alles verheilt wieder. Teilweise schütze ich mich mit Kondomen, aber die sind meist unerwünscht, besonders bei den Oligarchen-Orgien. Zum Glück schnappte ich noch nichts Bedrohliches auf. Hygiene ist besonders wichtig."

Marie: „Warum hast du in Florida, nichts anderes gemacht? Wäre doch eine Chance für dich gewesen."

Saskia: „Was soll ich denn sonst machen? Das kann ich am besten. Oder, ich war zu feige, etwas Neues zu beginnen, das kann auch sein."

Marie: „Hattest du nie Angst, dass dir ein perverser Freier etwas antun könnte?"

Saskia: „Ich habe Karl überlebt. Genügt das als Antwort?"

Zur selben Zeit, ist Alex beim Ermitteln. Gerne würde er den Jäger befragen, der laut Berichten, die Leiche von Karl Brenner gefunden hatte. Eigenartigerweise, ist dieser Bericht, sehr schlecht lesbar, und der Jäger wurde in ein anders Bundesgebiet versetzt. Dies lässt seinen polizeilichen Spürsinn erwecken und er macht sich auf die Suche nach diesem Jäger.

Am nächsten Tag fährt Saskia zum Flughafen. Ungeduldig und mit großer Sehnsucht erwartet, kommt Kim am Flughafen an. Saskia und Kim fallen sich um den Hals und begrüßen sich mit langen und innigen Küssen. Dass diese Frauen lesbisch sind, entgeht niemanden in der Ankunftshalle. Das küssende Paar, steht rasch im Mittelpunkt. Alle Augen der Anwesenden, sind auf sie gerichtet. Sie merken es, und da Kim sehr durstig ist, gehen sie Händchenhaltend in ein Lokal am Flughafen.

Es dauert nicht lange und Saskias Hand, streichelt die Knie und Oberschenkel von Kim. Dabei küssen sie sich zärtlich auf die Lippen. Ihre Hand wandert weiter unter den Rock. Langsam beginnt sie durch den Stoff des Slips, ihre Partnerin zu massieren. Soweit das auch geht, ohne Aufsehen zu erregen, schließlich sitzen sie in einem Lokal. Saskia macht das derart gut, dass Kims Slip total durchnässt wird. Sie streichelt zwischendurch die Innenseite ihrer Schenkel, und berührt dabei immer wieder ihren Intimbereich. Jedes Mal durchläuft Kim ein wohliger Schauer. Sie beginnt leise zu stöhnen. Lächelnd flüstert sie: „Ich bin kurz vorm Explodieren."

Als dann Saskia den Slip ihrer Geliebten, gekonnt mit den Fingern zur Seite rückt und ihre glatte, nasse Vagina und ihre Klitoris bearbeitet, bekommt Kim, sehr rasch einen Orgasmus. Ihr wird schwindelig, sie keucht und stöhnt, und damit sie nicht vor Lust schreit, gibt Saskia ihr einen tiefen Zungenkuss, damit dies im Lokal unbemerkt bleibt.

Nach dieser Begrüßung, bringt Saskia ihre Geliebte in ihr Hotelzimmer.

Kaum eingetreten, beginnt Kim, Saskias Kleid aufzuknöpfen. Dabei beginnt sie mit dem obersten Knopf und arbeitet sich nach unten vor. Auf jedes Stückchen freie Haut haucht sie einen Kuss, während Saskia den Po ihrer Geliebten streichelt.

Zwischenzeitlich ist das Kleid offen und Kim streichelt ihr, ganz langsam den Oberkörper, von unten nach oben. Ihre zarten Fingerspitzen streichen über ihre Brustwarzen, die bereits fest aufgerichtet sind. Saskias Hände streicheln im Gegenzug, den Po von Kim und ihre Finger landen immer wieder zwischen ihren Po-Backen.

Kim presst ihre Lippen an Saskias Brustansatz. Langsam wandern ihre Hände über ihre Hüften, dann die Beine entlang und an der Rückseite der Oberschenkel nach oben zum durchtrainierten Hinterteil. Während Kim ihren Po streichelt und ihre Brüste mit dem Mund verwöhnt, stöhnt Saskia leise vor Erregung. Dann streichelt sich Kim langsam zu Saskias Vagina und beginnt diese zu massieren. Nach einiger Zeit stuppst sie Saskia auf die Couch. Kim kniet vor ihr und küsst ihren Bauch und mit der Zunge gleitet sie zu ihrem Bauchnabel. Saskia wird sehr wuschelig und krallt ihre Finger in Kims Haare. Langsam küsst sie sich zwischen die Beine von Saskia, bis sie die glattrasierte und feuchte Vagina erreicht. Sie haucht darauf und Saskia stöhnt. Dann beginnt sie intensiv, mit der Zunge an Saskias Intimbereich zu spielen. Zusätzlich nimmt sie Ihren Mittel- und Zeigefinger, und rollt sie in Saskias Vagina leicht ein- und wieder aus. So stimuliert sie ihren erogenen Bereich, Richtung Bauchdecke, wo der G-Punkt liegt. Mit der Zunge saugt sie an der Klitoris. Saskia drückt den Kopf ihrer Geliebten fest an sich, so dass, ihre Nase fest an ihren Venushügel drückt, bis sie ihren Orgasmus erlebt. Die warme Zunge von Kim, kreist weiterhin an Saskias Klitoris und abwechselnd zu ihren Schamlippen. Saskia spürt wie sie beim Orgasmus ausläuft und sich mit Kims Speichel vermischt, und beide genießen diesen Moment.

Für das Liebespaar ist es ein wunderschönes und sehr erregtes, Wiedersehen.

Saskia bittet ihre Schwester Marie, in ihr Hotel zu kommen, damit sie ihre Lebensgefährtin Kim, kennenlernen kann.

Marie ist während der Begrüßung, ebenso aufgeregt, wie Kim und auch Saskia.
Kim ist sichtlich angetan: „Marie, ich freue mich sehr, dich endlich kennen lernen zu dürfen. Saskia schwärmte in den höchsten Tönen von dir. Es verging kaum ein Tag, an dem sie nicht von dir erzählte. Du bist ihre Familie und obendrein bemerkt, noch hübscher und schöner, als Saskia es mit Worten beschreiben konnte."

Marie: „Dankeschön. Jetzt bin ich noch nervöser als ich es schon war. Endlich darf ich die Lebensgefährtin meiner Schwester sehen. Ich bin überwältigt."

Sie setzen sich zu einem Tisch, in eine ruhige Ecke in der Hotellobby. Saskia sitzt eng bei Kim und Marie nimmt gegenüber der beiden Platz. Saskia legt ihre Hände auf Kims Beine und lächelt.
Dabei stellt Marie fest: „Ein richtiges Traumpaar und eure Liebe strahlt heller als die Sonne."

Saskia und Kim lächeln und genießen diesen Moment. Nach dem Smalltalk, bei denen sich die beiden Frauen etwas kennen lernen konnten, wird Marie neugierig und fragt Kim: „Wie hältst du es aus, dass deine Liebste ihren Körper als Prostituierte anbietet?"

Kim: „Das ist für mich sehr schwer und teilweise kaum auszuhalten. Ich weiß, dass Saskia ihren Job sehr gut macht und Männer lieben und vergöttern sie. Aber, nur ich bringe ihre Glocke zum Läuten, wenn du verstehst, was ich damit meine. Ich bin die glückliche Person, die mit ihr liiert ist. Ihre Kunden können sie nur mieten. Ich darf ihr Eigentum sein."

Saskia lacht und sagt: „Und ich bin ihr Eigentum."

Kim gibt Saskia einen Kuss und sagt dann: „Natürlich wäre es mir lieber, wenn Saskia sich nicht prostituieren würde. Ich sehe ihre männlichen Kunden nicht als Gefahr für unsere Liebe. Solange sie nicht mit anderen Frauen schläft, komme ich damit irgendwie klar."

Marie: „Du bist auch ihre Leibärztin, erzählte Saskia. Wie geht es dir dabei, wenn sie mit Schrammen heimkommt?"

Kim: „Es schmerzt mich sehr. Ich hege und pflege sie, mit allem was ich zu bieten habe."

Marie: „Kennst du ihre Kunden? Ich würde mich ständig fragen, wenn ich einen Mann sehe, ob er auch mit meiner Geliebten Sex hatte?"

Kim: „Zum Teil schon. Aber, wie ich bereits sagte, es sind nur Männer, die sie nur mieten können. Bei der Anzahl ihrer Kunden, sollte man eher fragen, wer hat noch nicht mit ihr geschlafen. Zumindest war es in Moskau der Fall. Es kommen Männer auf sie zu, die eigentlich keine Prostituierte bevorzugen. Sie hat sich einen wahnsinnig guten Ruf aufgebaut. Ihr Aussehen und ihr Erscheinungsbild sprechen Bände. Ich kenne viele Prostituierte, jedoch ist keine so diszipliniert wie Saskia. Ihr Körper, speziell ihr Intimbereich, ist durchtrainiert und gepflegt, wie bei keiner anderen. Keine sogenannte Abnützungserscheinungen, sie sieht frisch und jugendlich aus. Sie hat außerdem die Gabe, ihre Intimmuskeln optimal zu steuern. Hierfür verwendet sie diverse Liebeskugeln."

Saskia unterbricht Kim mit einem Lächeln: „Jetzt genügt es aber. Mein Kätzchen sollte nicht das Hauptthema sein."

Kim lächelt und gibt ihrer Geliebten einen dicken Zungenkuss und sagt: „Oh doch."

Daraufhin lachen sie alle sehr herzlich.

Kim fragt Marie: „Welcher Mann, darf sich an deiner Seite glücklich schätzen?"

Marie: „Es gibt derzeit keine Liebe."

Saskia fügt ein: „Natürlich, Alex liebt dich."

Marie: „Ach, Alex ist für mich ein Freund. Ich fühle weder Liebe noch irgendein Bedürfnis nach ihm."

Kim: „Könnte es vielleicht mehr werden?"

Marie: „Ich kenne Alex schon mein ganzes Leben, seit dem Babyalter. Er ist ein Freund, ein sehr guter Freund, aber mehr geht bei mir nicht."

Kim: „Ein guter Freund ist sehr wichtig."

Marie: „Absolut. Alex ist Polizist und half Saskia aus der Untersuchungshaft."

Kim ist schockiert: „Was?"

Saskia versucht es ihr zu erklären: „Ich habe bei meiner damaligen Flucht, von den Vergewaltigungen, in Notwehr, vermutlich den Peiniger getötet."

Kim fragt: „Warum bist du in Freiheit, wenn du einen Menschen getötet hast?"

Saskia: „Hey, Schatz. Ich musste mich wehren, es war Notwehr."

Kim steht auf und sagt zu Marie: „Schön dich getroffen zu haben. Du bist eine tolle Frau. Saskia, ich bin zutiefst schockiert. Die Tatsache, dass du einen Menschen getötet hast, kann ich als Ärztin nicht mit meinem Gewissen vereinbaren. Lebe wohl."

Marie hält sie zurück: „Du gehst jetzt und lässt deine Geliebte einfach so sitzen?"

Kim: „Grausamkeiten und Misshandlungen verabscheue ich extrem, aber einen Menschen zu töten ist nicht zu verzeihen. Kein Mensch hat das Recht, ein anderes Menschenleben zu beenden. Egal was dieser Mensch getan hat. Alles Liebe für dich, Marie. Leb wohl, Saskia."

Marie und Saskia blicken Kim enttäuscht hinterher. Saskia hält sich ihre Hände vor das Gesicht und beginnt bitterlich zu weinen. Marie umarmt ihre Schwester und sagt: „Hole sie zurück, Saskia. Ihr müsst das klären."

Saskia: „Nein. Ihr Entschluss steht fest. Ich möchte in das Zimmer gehen. Begleitest du mich?"

Marie: „Natürlich, Saskia, komm, lass uns gehen."

Saskia geht in das Hotelzimmer und lässt sich mit dem Gesicht voran, in das Bett fallen und weint sich die Seele aus dem Leib. Marie sitzt neben ihr und streichelt ihr den Kopf.

Dann sagt Marie: „Was war das für eine krasse Reaktion von Kim? Sie ist deine Frau. Hattest du ihr das verschwiegen?"

Saskia: „Ich wollte es ihr nicht am Telefon erklären. Sie ist Ärztin, ein Menschenleben ist für sie das Wichtigste, egal was ein Mensch angestellt hat. Jetzt bin ich für sie, eine Mörderin. Vielleicht hat sie sogar recht. Ich bin eine Mörderin."

Marie: „Sprich nicht so schlecht über dich, Saskia. Es war Notwehr. Du hattest die Wahl, zwischen deinem Leben und dem Leben des Anderen."

Saskia schmerzt die Trennung sehr. Sie betont immer wieder, dass Kim ihr Lebensinhalt sei. Marie tröstet ihre Schwester die ganze Nacht über, und schläft bei ihr im Hotelzimmer.

Am nächsten Morgen ist die Stimmung von Saskia, noch immer auf dem Tiefpunkt: „Ich liebe Kim sehr. Warum kann sie meine Situation nicht verstehen?"

Marie: „Lass ihr, Zeit, Saskia. Sie muss erst ihre Gedanken und Gefühle sortieren. Alles wird wieder gut werden."

Saskia: „Schön, dass du bei mir bist, kleine Schwester. Wir sollten uns frisch machen. Mit den Klamotten habe ich schon lange nicht mehr geschlafen."

Marie und auch Saskia, schmunzeln wenigstens ein bisschen. Während Saskia sich duscht, putzt sich Marie ihre Zähne und beobachtet ihre Schwester über den Spiegel. Sie ist von Saskias Körper fasziniert. Makellos, extrem schlank und groß, seidig weiche Haut und kein Haar ist zu finden.

Als Saskia aus der Dusche kommt, sagt Marie: „Ich bin zwar nicht lesbisch, aber bei deinem Körper, würde sogar ich schwach werden. Du siehst so perfekt aus."

Saskia lächelt und sagt: „Lieb von dir, Marie. Du bist die Schönere von uns Beiden. Ich konnte übrigens deine Blicke sehen."

Marie: „Sorry, aber da muss man einfach hinschauen, das geht gar nicht anders."

Nach dem abtrocknen, zieht sich Saskia ein kurzes Strechkleid an und Marie blickt auf ihre Hose, mit der sie gekommen war. Mit einem Lächeln reicht Saskia, ihrer Schwester ein kurzes Kleid entgegen und sagt: „Das steht dir bestimmt besser als mir."

Marie, die eigentlich Hosen bevorzugt, kann sich diese Chance nicht entgehen lassen. Trotz des Trennungsschmerzes, kann sich Saskia mit Marie amüsieren. Sie genießt die Anwesenheit von Marie.

Etwas später sagt Marie: „Oh, wie die Zeit vergeht. Ich habe Mama versprochen, gleich in der Früh zu kommen und jetzt sitze ich noch bei dir. Wollen wir gemeinsam sie besuchen?"

Saskia: „Eher nicht, Marie."

Marie lächelt sie an: „Mir zuliebe, liebe große Schwester?"

Saskia: „Wie damals, oh nein. Ich konnte schon früher deine Bitten nicht abschlagen, wenn du deinen Barbie-Blick aufgesetzt hattest. Also gut, aber nur deinetwegen."

Händchenhaltend gehen sie vom Hotel ins Krankenhaus. Marie ist sehr stolz, mit ihrer Schwester, wie ein Lesben-Liebespaar durch die Stadt zu gehen. Sie sagt zu Saskia: „Guck, wie uns die Menschen anschauen. Sie denken bestimmt, dass wir lesbisch sind."

Saskia lächelt und sagt: „So ein Quatsch, sie starren dich an, weil du so hübsch bist."

Marie bleibt stehen und stellt sich vor Saskia und umarmt sie. Sie sagt: „Lieb von dir, danke. Doch meine ich, dass ich recht habe. Gerne würde ich diese Situation ausnutzen und bitte dich als deine allerliebste Schwester, mich jetzt, vor den unzähligen Blicken der Gaffer zu küssen, als wären wir beide eine Lesbenpaar. Nein, nicht darüber nachdenken, sondern einfach nur küssen."

Saskia lächelt ihre Schwester an und gibt ihr einen zärtlichen Kuss. Marie flüstert: „Ist das alles?"

Daraufhin folgt eine längere Küsserei, bis beide, innige und sinnliche Zungenküsse geben. Marie verspürt in diesem Moment ein Rauschgefühl, das sich durch den ganzen Körper zieht. Durch Saskias Küssen, wird sie erregt und sie spürt wie sie feucht wird. Einige Passanten klatschen, dem vermeintlichem Liebespaar, begeisternd zu.

Nach einiger Zeit, gehen sie lächelnd und seitlich umarmt weiter. Bis zum Eingang des Krankenhauses, lachen sie über diese Situation, und Saskia warnt Marie: „Wenn dich jetzt wer gesehen hat, der dich kennt, wirst du dich als Lesbin rechtfertigen müssen."

Marie: „Das ist mir egal, was die Leute über mich reden. Zumindest haben sie jetzt etwas zu reden. Abgesehen davon, war es ja nur ein Kuss zwischen zwei Schwestern."

Saskia lacht: „Nur ein Kuss? Marie, du hast mir deine Zunge bis in den Rachen geschoben."

Marie: „Hat es dir nicht gefallen?"

Saskia: „Mehr als mir lieb ist, oder anders gesagt, mehr als es sein darf."

Lachend steigen sie im Krankenhaus in den Aufzug. Saskia nimmt Marie fest in ihre Arme und sagt: „Danke, dass du mich vom Trennungsschmerz abgelenkt hast. Es hat mir sehr gutgetan. Du bist ein wahrer Schatz, Marie."

Sie gibt Marie einen dicken Kuss auf den Mund und bedankt sich nochmals bei ihr.

Beim Eintreten in das Krankenzimmer, treffen sie auf ihre Mutter, die wach wist. Marie begrüßt sie mit einem Kuss auf die Stirn und Saskia bleibt auf Distanz beim Fußende des Bettes stehen. Jessica ist sichtlich glücklich, beide Töchter zu sehen. Dann fragt sie: „Saskia, du bist freigelassen worden? Hast du Karl doch nicht getötet?"

Saskia antwortet: „Was, wenn es so war? Dein Freund, hat mich gequält und misshandelt, und du hast nichts dagegen unternommen. Ja, anscheinend habe ich deinen, so tollen Freund auf dem Gewissen."

Jessica laufen die Tränen über das Gesicht und Saskia fragt: „Weinst du wegen deinem Typen, oder weil deine Tochter eine Mörderin ist?"

Jessica antwortet leise: „Wegen beidem."

Saskia: „Sorry, aber ich muss hier raus. Ich halte die Heuchlerei und die Verlogenheit nicht aus."

Marie hält sie zurück: „Bitte, Saskia, bleib hier. Lauf nicht davon, bitte."

Saskia bleibt aus Liebe zu Marie. Sie stellt sich zum Fenster und starrt hinaus. Marie widmet sich ihrer Mutter: „Wie geht es dir heute?"

Jessica: „Ich spüre, wie es zu Ende geht, Marie. Schön, euch beide bei mir zu haben. Auch wenn Saskia mich hasst, weiß sie, dass ich sie liebe."

Saskia schüttelt den Kopf: „Davon merkte ich nie etwas."

Marie sagt zu ihrer Mutter: „Ich kann sie verstehen, Mama. Ohne deinem Karl, der ihr das Leben versaut hatte, ist sie unschuldig, eine Mörderin geworden, da sie ihr Leben retten musste. Es war Notwehr."

Jessica fällt das Sprechen schwer und sagt mühsam: „Aus Notwehr? Nein, Saskia nahm mir meine große Liebe."

Saskia wird zornig: „Jetzt reicht es aber endgültig. Ich muss hier raus."

Saskia verlässt wütend das Krankenzimmer. Jessica krallt sich mit letzter Kraft, in Maries Hand und röchelt.
Marie schreit panisch und drückt die Notruftaste: „Mama? Mama, was ist mit dir? Saskia, bitte komm."

Saskia sieht die rote Lampe, über dem Zimmer von ihrer Mutter und läuft zurück. Mit ihr, kommt ein Notarzt und eine Krankenpflegerin in das Zimmer. Der Notarzt sagt: „Reanimation, Schwester, schnell."

Marie und Saskia stehen im Zimmer und sind schockiert. Der Arzt kämpft um das Leben.
Nach einiger Zeit, beendet er die Reanimation mit den Worten: „Exitus, Schwester."

Der Arzt geht zu den beiden Schwestern und sagt: „Mein Beileid. Sie können sich von ihrer Mutter noch verabschieden."

Marie läuft zu ihrer toten Mutter und weint vor Trauer. Dabei legt sie ihren Kopf auf die Brust ihrer Mutter. Saskia steht hinter ihrer Schwester und legt ihre Hand auf Maries Schulter. Sie blickt dabei in Jessicas, noch offene, aber toten Augen und sagt: „Über deine letzten Worte bin ich sehr schockiert, aber irgendwie, gar nicht verwundert. Gute Reise."

Marie nimmt im Stillen, Abschied von ihrer Mutter, bis sie von der Pathologie abgeholt wird. Saskia bleibt währenddessen bei ihrer Schwester, um ihr beizustehen. Anschließend gehen sie gemeinsam in das Hotel, indem Saskia eingebucht ist. Die Trauer um ihre Mutter, verläuft sehr einseitig. Saskia ist relativ emotionslos, doch Marie schmerzt der Tod sehr.

Saskia fragt: „Wie geht es jetzt weiter, Marie? Bleibst du auf dem Hof?"

Marie: „Ohne Mama? Ich weiß es nicht. Wenn ich daran denke, ganz alleine auf dem Hof zu sein und die ganze Arbeit alleine machen zu müssen, die eigentlich Mamas Leben war, zweifle ich daran, dies zu wollen."

Saskia: „Früher hattest du Träume und Wünsche. Wo sind die geblieben?"

Marie: „Tja, aus Liebe zu Mama, habe ich sie aus meinem Kopf verdrängt. Ich konnte sie nicht alleine lassen."

Saskia: „Sieh es jetzt als Neustart für dein Leben, Marie. Du bist frei und du musst dich dem Hof nicht verpflichtet fühlen."

Marie: „Unsere Mama hat gerade mal, ihre Augen für immer geschlossen und ich gebe den Hof bereits auf."

Saskia: „Es war ihr Hof, Marie. Du lebtest ihr Leben auf ihrem Hof. Jetzt beginnt dein Leben und nur du entscheidest darüber."

Marie: „Wir sollten wirklich über einen Verkauf nachdenken. Vielleicht hat Nora, unsere Nachbarin Interesse. Doch zuerst, sollten wir die

Beerdigung für Mama planen. Dafür müssten wir zum Hof."

Saskia: „Sorry, Marie, aber in dieses Haus gehe ich nicht mehr."

Marie: „Ich kann dich wirklich verstehen. Aber, ich brauche dich dabei. Da fällt mir ein, ich habe Alex noch nicht informiert."

Nichtsahnend vom Tod, von Jessica Steiner, bekommt Alex Besuch von Major Koffler. Alex hat dabei ein mulmiges Gefühl. Major Koffler kommt gleich zur Sache und sagt: „Bäumler, als normaler Dorfpolizist, sind sie sehr neugierig, bezüglich meiner Person. Sie schnüffeln in meinem Leben herum, was ihnen absolut nichts angeht. War es nicht genug, dass sie mich mit Saskia erpresst hatten? Was versprechen sie sich davon?"

Alex: „Ich gehe jeder verdächtigen Spur nach, wie ich es in der Polizeischule gelernt habe. Wenn ich ihnen persönlich zu nahegetreten bin, war es nicht meine Absicht, Herr Major."

Major Koffler: „Kümmern Sie sich um die Sicherheit und die Ordnung im Dorf, Bäumler. Wenn es mit uns nicht mehr funktioniert, muss einer von uns versetzt werden. Wer das wohl sein wird, Bäumler?"

In diesem Moment läutet das Telefon bei Alex, worauf Major Koffler im Gehen sagt: „Denken sie darüber nach, Bäumler."

Alex schnauft tief durch und nimmt den Anruf entgegen. Es ist Marie, die sagt: „Alex, meine Mama ist gestorben. Ich fahre mit Saskia auf den Hof, vielleicht hättest du Zeit, zu uns zu kommen?"

Alex antwortet: „Mein aufrichtiges Beileid. Klar, sehr gerne, Marie."

Auf dem Hof treffen Saskia und Marie, ihre Nachbarin, die Bäuerin Nora an. Marie berichtet über Mutters Tod und ob sie Interesse an ihrem Hof hätte. Während Marie mit Nora spricht, schaut sich Saskia etwas um. Viele Kindheitserinnerungen kommen in ihr hoch. Besonders schöne Erinnerungen, hatte sie mit ihrem Vater erlebt. Die Zeit nach Vater, war die Hölle für sie. Während sie über den Hof schlendert und alles inspiziert, kommt Alex herangefahren. Er umarmt Marie und Saskia schmunzelt.

Nora kommt zu Saskia: „Hallo, Saskia, mein aufrichtiges Beileid. Tja, eure Mutter hat diesen Hof geliebt, aber auch viele Opfer bringen müssen. Ein Hof bringt viel Arbeit mit sich."

Saskia unterbricht sie: „Welche Opfer, hatte sie bringen müssen?"

Nora: „Nach deinem Verschwinden, musste sie alles ganz alleine schaffen."

Saskia: „Es war jenes Leben, das sie haben wollte. Du hast die Augen verschlossen, von den ganzen Missständen, die hier auf dem Hof vorgefallen sind. Tu doch nicht so scheinheilig."

Nora: „Mach doch andere Menschen nicht dafür verantwortlich, dass du dein Leben vergeudet hast. Du bist eine sexsüchtige und gottesfeindliche Hure, die nicht genug bekommen konnte. Deine Mutter und Karl haben alles für dich getan, damit es dir gut geht und was tust du? Du hast ihn ermordet."

Saskia: „Sie haben mein Leben zerstört. Du wusstest davon und ich wehrte mich, weil ihr alle, es nicht getan habt. Ihr seid eine verlogene und scheinheilige Gemeinschaft."

Nora: „Was tust du noch hier, wenn wir an deinem misslungenen Leben schuld sind?"

Saskia: „Rachsucht, Nora. Ich werde mir alle einzeln vornehmen, die schweigend zugesehen haben und sie eigenhändig ermorden und dann zerstückeln."

Nora flüchtet und schreit: „Hilfe. Sie ist komplett durchgedreht. Eine Mörderin ist zurück."

Durch das laute Wortgefecht, kommen Marie und Alex hinzu.

Marie sagt zu Saskia: „Lass es gut sein, Saskia. Du kannst die Dorfgemeinschaft nicht ändern. Mama und Karl, waren sehr beliebt im Dorf."

Saskia: „Eine Dorfgemeinschaft, die auf Lügen aufgebaut ist. Warum verleugnen sie die Wahrheit und verdrehen alles, wie sie es möchten?"

Marie: „War das jemals schon anders? Lass uns nachsehen, was wir für die Beerdigung brauchen. Übrigens, Nora hätte Interesse an unserem Hof."

Saskia: „Es ist dein Hof, du entscheidest."

Gemeinsam mit Alex gehen die Schwestern in das Haus. Saskia möchte in ihr altes Zimmer gehen, doch es ist versperrt, sie sagt: „Alex, übernimmst du es bitte?"

Alex versteht Saskia und tritt mit dem Fuß, die Tür auf. Saskia läuft ein kalter Schauer über den Rücken, als sie in ihr damaliges Zimmer geht. Hier erlebte sie ihre schlimmste Zeit, mit unzähligen Vergewaltigungen und Misshandlungen. Marie und Alex stehen neben ihr, als sie sich im Zimmer umsieht. Nach genauem Umsehen, fällt Saskia auf, dass nach ihrer Flucht, nichts verändert und auch nichts gereinigt wurde. Sie greift nach ihrer Lieblingspuppe und zeigt sie, Marie und fragt: „Fällt dir etwas auf?"

Alex beugt sich über Marie, und sagt: „Da sind doch unzählige Flecken darauf. Ist es das, was ich vermute?"

Saskia: „Ganz genau. Er masturbierte im ganzen Zimmer und das vor meinen Augen. Mutter hatte mein Zimmer nie gereinigt. Ich muss hier raus."

Draußen vor dem Haus, sagt Saskia zu Marie und Alex: „Dieses Haus müsste man anzünden. Überall sind die Spuren der Scheinheiligkeit zu sehen, wie im ganzen verlogenen Dorf."

Alex antwortet: „Schrecklich und unvorstellbar, was dir angetan wurde. Darf ich mich noch im Haus umsehen?"

Marie und Saskia erlauben es ihm und Marie sagt: „Ich möchte diesen Hof, samt Haus nicht mehr. Saskia, dein Zimmer war stets versperrt und für mich tabu. Mama, lebte in einer heilen

Traumwelt und ich merkte nichts davon, was in diesem Haus geschah. Mich ekelt es mittlerweile vor diesem Haus."

Saskia: „Lass uns fahren, Marie."

Marie: „Was ist mit meinen persönlichen Gegenständen?"

Saskia: „Vielleicht möchte dir Alex, deine Sachen aus dem Haus schaffen, oder ich kaufe dir alles neu, aber ich muss hier weg."

Sie rufen nach Alex. Nachdem er vor ihnen steht, sagt Marie: „Wir werden in das Hotel fahren."

Alex: „Ich habe etwas für euch, was nur ihr sehen solltet. Es scheint ein Tagebuch, von eurer Mutter zu sein."

Saskia: „Wo lag dieses Buch?"

Alex: „Im Nachtkästchen eurer Mutter."

Saskia: „Danke, Alex. Vielleicht findest du genug Beweise, für alle Grausamkeiten, die in diesem Haus vorgefallen sind."

Alex: „Sehr gerne, Saskia. Heißt das, ich darf mich noch weiter umsehen?"

Marie: „Klar doch. Bis später, Alex."

Saskia fährt mit ihrem Mietauto vom Hof. Auf dem Weg in die Stadt zum Hotel, schmökert Marie im Tagebuch. Sie liest und sagt: „Mama war diesem Karl total verfallen."

Saskia sagt: „Mach das Buch zu und wirf es aus dem Auto."

Marie: „Nein, Saskia. Wir beide haben das Recht zu erfahren, warum sie diesen Karl so verfallen war und wie ihre Gedanken waren. Wir werden es gemeinsam im Hotel durchsehen. Vielleicht bekommen wir Antworten, warum sie dir nicht geholfen hatte. Das machen wir für uns, okay?"

Saskia: „Einverstanden, Marie. Nur für uns."

Im Hotelzimmer angekommen, liest Marie laut aus dem Tagebuch ihrer Mutter vor. Saskia sagt nach einiger Zeit: „Marie, ich glaube nicht, alles hören zu wollen, wie blind, naiv und weltfremd Mutter war. Wenn etwas Wichtiges dabei sein sollte, dann bitte ich dich, mich zu informieren. Das verlogene Getue interessiert mich nicht."

Marie liest für sich weiterhin im Buch und Saskia sagt: „Nach dem Betreten meines Zimmers und des Hauses, fühle ich mich schmutzig. Ich muss mich einfach waschen und ich gönne mir ein Entspannungsbad. Passt das für dich?"

Marie: „Natürlich, genieße es."

Nach einiger Zeit kommt Marie in das Badezimmer und sagt: „Saskia, das musst du selbst lesen."

Saskia: „Erzähl du es mir."

Marie: „Das ist unglaublich, Saskia. Unsere Mutter war auf dich eifersüchtig. Sie schreibt, anstatt, dass mein liebster Karl mich befriedigt, geht er schon wieder zu Saskia. Ihr Körper geilt ihn mehr an, als meiner. Ich beginne bereits, Saskia zu hassen. Warum nimmt sie mir meinen Mann weg?"

Saskia: „War sie wirklich so naiv und blind?"

Marie: „Ja, scheint so. Ich frage mich, warum sie geglaubt hatte, du würdest ihr den Mann wegnehmen wollen? Bisher habe ich nichts darüber gelesen, dass er dich vergewaltigt hatte. Aus der Sicht von Mama, warst du ihre Rivalin."

Saskia: „Das war ihre Art, wegzusehen und alles zu Gunsten von diesem perversen Karl, zu verdrehen. Sie baute sich ihre eigene Welt so, wie sie es haben wollte. Dich manipulierte sie, zu ihren Gunsten."

Marie: „Jetzt steht etwas Interessantes, ich sagte ihm, ich würde mich gerne von dir vergewaltigen lassen, er lachte mich aus und antwortete, Saskia ist jung und frisch, ich bin auf dem besten Weg, ihre lesbische Krankheit auszutreiben. Ich mache es für Saskia, auch wenn sie es noch nicht merkt. Zügle deine Triebe, für Saskia. Ich muss sie heilen. Dies schmerzt mich und meine Eifersucht wird spürbar unerträglich."

Marie sieht Saskia an und sagt: „Unglaublich, dass Mama diesen ganzen Wahnsinn, aufgeschrieben hat. Warum merkte ich nichts davon?"

Saskia: „Such doch die Schuld nicht bei dir, Marie. Sie hatte dich manipuliert."

Marie: „Ich frage mich, wer sie eigentlich war? Für mich war sie eine liebenswürdige Mama und das was sie aufgeschrieben hat, widerspricht allem, was ich glaubte zu wissen. Nicht zu vergessen, dass sie dir nicht geholfen hatte."

Saskia: „Sie war ihm hörig und unternahm nichts, um ihn nicht zu verlieren. Einfach nur krank."

Marie: „Ich bin so dermaßen schockiert, dass ich gar nicht mehr weiß, wer ich bin, wer Mama war, und wo ich hinsoll. Auf den Hof möchte ich nicht mehr zurück."

Saskia: „Dann, bleib einstweilen bei mir in diesem Hotel. Die Suite ist groß genug für uns beide."

Marie: „Das ist nicht meine Preis-Klasse."

Saskia: „Du bist mein Gast, Schwesterlein. Nimm dir jetzt Zeit zum überlegen, was du in der Zukunft machen möchtest. Verkaufe den Hof, und mit dem Erlös beginnst du ein neues Leben. Ein Leben, das du möchtest."

Marie: „Uns beiden gehört der Hof, Saskia."

Saskia: „Nein, Marie. Ich verzichte auf das Erbe, es gehört dir."

Marie: „Warum tust du das für mich?"

Saskia: „Da ich dich ganz toll liebe. Und außerdem, besitze ich ein Haus in Florida, eine Villa außerhalb von Moskau und zwei Luxuswohnungen in Moskau."

Marie ist erstaunt: „Echt? Wow, hast du wirklich so viel Geld verdient?"

Saskia: „Ja, Marie. Ich brauche das Erbe nicht. Entspann dich. Vielleicht hilft es dir, wenn du dich in die Badewanne legst?"

Marie lächelt und fragt: „Nach dir oder zu dir?"

Saskia: „Wie du es wünscht, Schwesterlein."

Marie: „Sehr gerne, zu dir, wenn es dich nicht stört."

Saskia: „Es ist mir eine Ehre, komm."

Marie entkleidet sich und steigt zu Saskia in die Badewanne. Sie liegt vis-a-vis von Saskia und fragt sie: „Wie ist deine Zukunft? Fliegst du heim nach Florida?"

Saskia: „Ja, aber nur, um mein Haus zu verkaufen. Ohne Kim brauche ich nicht in Florida zu sein. Ich habe mich in Moskau viel wohler gefühlt."

Marie: „Als Prostituierte?"

Saskia: „Nein, generell. In Moskau fühlte ich mich daheim. Von was träumst du?"

Marie: „Ich weiß es eigentlich nicht. Als Kind träumte ich davon, etwas in Richtung Dekoration zu machen."

Saskia reicht Marie die Hand und sagt: „Klingt doch gut. Dreh dich mit den Rücken zu mir und komm in meine Arme."

Marie lächelt und legt sich mit dem Rücken an ihre Schwester. Saskia umarmt sie und drückt sie sehr liebevoll, dabei sagt sie: „Entspann dich, Marie."

Beide schließen ihre Augen und genießen das warme Bad. Dabei streichelt Saskia von hinten, ihre Schwester über die Schultern und umschlingt sie mit ihren langen Beinen. Marie lässt sich sichtlich in Saskias Händen fallen. Nach einiger Zeit nimmt Marie, Saskias Hände und legt sie auf ihre eigenen Brüste. Saskia beginnt langsam, sie zu massieren und auch über ihre süßen Brustwarzen zu streichen, die offensichtlich erregt sind. Dabei haucht sie ihren Atem über Maries Nacken. In Marie steigt ein wohltuendes Gefühl hoch. Mit der linken Hand, massiert sie weiterhin Maries Brüste und mit der rechten Hand gleitet sie zu ihrem Nabel und weiter zu ihrem Bauch. Langsam und zärtlich massiert sie diesen so, dass Marie anfängt, erregt zu zucken. Saskia spürt, dass ihre Schwester, kurz vor einem Orgasmus steht. Sie küsst ihren Hals und ihre Ohren. Währenddessen gleitet ihre rechte Hand zur Klitoris von Marie. Sie massiert ihre lustvolle Stelle sehr innig. Marie stöhnt immer heftiger und Saskia knabbert an ihrem

Ohrläppchen. Sie erhöht den Druck der rechten Hand und massiert die Klitoris, bis Marie ihren Höhepunkt bekommt. Lustvoll stöhnt Marie dabei. Saskia hält die Hand mit einem leichten Druck auf Maries Intimbereich still. Marie genießt ihren Orgasmus in vollen Zügen. Dann sagt sie zu Saskia: „Wow, das war wunderschön. Mein erster lesbischer Sex."

Saskia antwortet lächelnd: „Jetzt habe ich auch noch meine eigene Schwester sexuell verführt."

Marie: „Auf mein Verlangen, wohl gemerkt. Saskia, ich wollte von dir verführt werden."

Marie dreht sich um, so dass sie ihrer Schwester in die Augen sehen kann und sagt: „Saskia, ich liebe dich und nicht nur als Schwester."

Saskia gibt Marie einen dicken Kuss auf den Mund und drückt dann Marie fest zu sich. Saskia flüstert ihr ins Ohr: „Ich liebe dich auch, Marie."

Nach dem Bad äußert Marie einen Wunsch: „Saskia, ich möchte gerne mit dir, nackt im Bett kuscheln. Dein Körper fasziniert mich und ich würde diesen traumhaften Körper, ein bisschen mehr genießen, indem ich dich wahnsinnig gerne streicheln möchte. Wäre es unverschämt, dich darum zu bieten?"

Saskia schmunzelt und sagt: „Nein, das wäre nicht unverschämt."

Saskia reicht Marie ihre Hand und geht mir ihr in das Bett. Marie dreht ihre Schwester auf den Rücken. Dabei schlägt ihr Herz wie verrückt. Durch das wohlfühlende knistern, was sie im ganzen Körper spürt, steigt ihre Nervosität. Der Anblick von Saskia ist für Marie ein Augenschmaus. Ihr Körper strahlt unendlich viel Erotik aus. Mit leicht zittrigen Händen beginnt Marie, Saskia am Oberkörper zu streicheln. Saskia spürt die Aufregung und schließt ihre Augen mit einem Lächeln. Marie erkundet und ertastet mit den Händen, die für sie, perfekt geformten Brüste. Zu mehr, soll es nicht kommen. Es klopft an der Tür. Beide springen vom Bett auf und ziehen das erstbeste Kleid, das sie erwischen können, ohne Unterwäsche an.
Saskia öffnet die Hotelzimmertür und bittet Alex einzutreten. Da Marie noch mit dem zuknöpfen ihres Kleides beschäftigt ist, fragt Alex: „Komme ich ungelegen?"

Marie antwortet mit einem Lächeln: „Nein. Wir hatten uns gerade frisch gemacht."

Saskias Kleid sitzt etwas schief und Alex fällt dies auf. Er schweigt aber diesbezüglich und fragt: „Habt ihr etwas über eure Mutter erfahren können, also, aus dem Tagebuch?"

Marie antwortet: „Ja, du darfst es auch lesen, wenn du möchtest. Es ist für uns erschreckend, wie eifersüchtig unsere Mama auf Saskia war. Unserer Meinung nach, war sie sehr verblendet und auch naiv. Sie dürfte die Realität aus den Augen verloren haben."

Alex: „Ja, mir kommt auch einiges sehr komisch vor. Zumal ich von Koffler zurückgepfiffen wurde. Als kleiner Dorfpolizist sollte ich mich zurückhalten, meinte er. Naja, wusstet ihr, dass vor langer Zeit, der Bürgermeister Brenner, Koffler und ein weiterer Mann, der mir noch unbekannt ist, das Dorf fest im Griff hatten? Sie bestimmten über alles und waren sozusagen, die Chefs im Dorf. Eure Mutter war damals die schönste Frau im Dorf und Brenner wollte sie schon vor der Zeit eures Vaters. Die Dorfbewohner sprechen nicht gerne darüber. Sie wissen mehr als sie sagen wollen, oder gar dürfen. Da Brenner, nicht mehr unter uns weilt, gehe ich davon aus, dass sie Angst vor Koffler haben. Meiner Ansicht nach, ist es erschreckend, dass alle Bewohner, dich Saskia als Mörderin sehen. Brenner war ein Vorzeige-Bürgermeister im Dorf, und du hast sein Leben beendet. Niemand im Dorf, weiß was auf eurem Hof geschehen ist. Oder, sie wollen es gar nicht wissen, geschweige, wahrhaben. Ich habe mir erlaubt, sämtliche DNA-Spuren zu nehmen.

Bekomme ich eure Zustimmung, dass ich diese im Labor auswerten lassen darf?"

Saskia schaut Marie an und beide sind damit einverstanden.

Alex: „Passt. Dann bräuchte ich von euch beiden, eine DNA-Probe, um sie mit den Spuren im Haus zu vergleichen und um sie zuordnen zu können."

Während der Abnahme der DNA, fragt Alex: „Was passiert eigentlich jetzt mit eurem Hof?"

Saskia antwortet: „Ich bin nach wie vor, fürs Anzünden."

Marie sagt: „Ich möchte nicht mehr auf diesem Hof leben. Er wird verkauft. Würdest du mit mir, meine persönlichen Gegenstände aus dem Haus holen?"

Alex: „Sehr gerne, Marie. Ich hätte jetzt noch etwas Zeit, bis zu einem Termin."

Marie: „Großartig, dann wäre es erledigt. Saskia, kommst du mit?"

Saskia: „Nein, ich kann dieses abgründige Haus nicht mehr betreten, sorry. Alex, nimm bitte das

Tagebuch unserer Mutter mit. Es verbreitet schlechte Energien im Raum."

Alex und Marie, fahren umgehend zum Hof. Saskia bleibt alleine im Hotelzimmer, das eigentlich eine Suite ist. Als sie im Badezimmer in den Spiegel sieht, fällt ihr ein, dass weder sie, noch Marie, Unterwäsche anhaben. In der Eile zogen sie ja nur die Kleider an, damit sie nicht nackt die Tür öffnen mussten. Sie lächelt ihr Spiegelbild liebevoll an und zwinkert ihr selbst zu.

Mit einer Tasse Kaffee, macht sie es sich auf der Couch gemütlich. Ihre Gedanken schweben um Kim und Marie. Kim war bis vor kurzem ihre wahre Liebe. Und jetzt? Sie hat tatsächlich, ihre eigene Schwester sexuell zum Höhepunkt geführt, obwohl sie gar nicht lesbisch ist. Ihre eigene Schwester, das hätte sie nicht tun dürfen. Das beschäftigt sie sehr. Es war keine Dienstleistung als Prostituierte. Vielmehr machte sie es aus Liebe, das beunruhigt sie noch mehr. Hat sie sich in ihre Schwester verliebt?

Zur selben Zeit, hilft Alex seiner Freundin Marie, beim zusammensuchen ihrer Gegenstände. Marie nimmt nur das Wesentlichste mit, worauf Alex sie fragt: „Das ist alles, was du nimmst?"

Marie: „Ja. Den Rest brauche und will ich nicht mehr. Ich möchte ein neues Leben anfangen und jeder unnötige Ballast, könnte mich daran hindern."

Alex: „Wo wirst du in Zukunft leben?"

Marie: „Einstweilen bei Saskia im Hotel. Irgendetwas wird sich schon ergeben."

Alex: „Du weißt, bei mir könntest du auch wohnen. Ich habe genügend Platz."

Marie: „Das ist lieb von dir, danke. Doch, möchte ich mit Saskia zusammen sein. Alex, ich habe mich in Saskia verliebt."

Alex fragt: „Wie verliebt?"

Marie: „So richtig verliebt. Mit Schmetterlingen im Bauch, also so richtig verliebt."

Alex ist etwas schockiert: „Eine Beziehung zwischen Geschwistern ist nicht erlaubt. Das ist sogar gesetzlich geregelt."

Marie: „Welches Gesetz kann mir meine Liebe verbieten? Niemand hat das Recht, über meine Gefühle zu bestimmen."

Alex: „Ja, ist schon gut, Marie."

Marie: „Du bist nicht gerade erfreut darüber?"

Alex: „Ich dachte immer, du bist heterosexuell."

Marie: „Ein bisschen Bisexuell war ich schon immer. Ich blickte auch gerne Frauen hinterher, wobei ich nie etwas mit einer Frau hatte. Bis vor kurzem, zumindest."

Alex: „Aha, störte ich euch doch."

Marie lächelt: „Passt schon so, Alex. Du bist mein allerbester Freund, wie mein Bruder, dir darf ich es doch anvertrauen, oder?"

Alex: „Natürlich, Marie. Dafür sind Freunde doch da."

Marie: „Du bist einfach der Beste, danke. Ich wäre fertig."

Alex setzt Marie beim Hotel ab und fährt zu seinem Termin weiter.

Alex hat den Jäger ausfindig machen können, der Karl Brenner gefunden hatte. Da dieser Jäger damals versetzt wurde, fährt Alex, wegen einer Befragung, in ein anderes Bundesland, wo der besagte Jäger, ein neues Revier bekam.

Alex beginnt mit seiner Zeugeneinvernahme: „Herr Jakob Schuster, sie haben damals ausgesagt, sie hätten neben Karl Brenner und einer jungen Frau, auch noch eine weitere Person gesehen?"

Jakob Schuster: „Ich bin sehr verwundert, dass nach 16 Jahren, sich jemand dafür interessiert. Damals wurde es als Spinnerei abgetan und völlig ignoriert. Und, als ich mich darüber beschwerte, dass dies nicht ernstgenommen wird, wurde ich versetzt. Ja, es war eine weitere Person dabei. Die junge Frau, war ja, wie ich erfuhr, die ältere Steiner Tochter, die vom Bürgermeister Brenner verfolgt wurde. Es gab dann eine Rangelei, bei der sich die Steiner befreien konnte. Kurz darauf, kam eine weitere Frau hinzu. Zuerst glaubte ich, sie würde Brenner helfen, jedoch schlug sie mit einem Stein auf seinen Kopf ein. Nach kurzer Zeit lief sie wieder zurück. Ich bin dann sofort zum Bürgermeister gelaufen, aber er war bereits tot."

Alex: „Haben sie die Frau erkannt?"

Schuster: „Ja, schon, aber ich kannte sie nicht. Ich kannte nicht viele Menschen im Dorf, auch die Steiners nicht. Sie war etwa Mitte 30, sehr attraktiv, blondes Haar und schlank."

Alex zeigt den Zeugen, ein paar Fotos von Frauen auf dem Smartphone. Er schaut sie alle genau an, bis er sie erkannte: „Das war sie."

Alex: „Sind sie sich sicher?"

Schuster: „Absolut sicher, ja."

Alex: „Wer veranlasste ihre Versetzung?"

Schuster: „Ich glaube, der Polizist, der mich befragte und nicht ernstgenommen hatte. Er verhielt sich sehr eigenartig, ich denke, dass er es veranlasste. Ein komischer Typ. Mir wurde aber nie gesagt, wer es so haben wollte, dass ich in ein anderes Revier komme."

Alex: „Wissen Sie eventuell, wer der Polizist war?"

Schuster: „Ein Polizist, höheren Ranges. Einen Moment, wie hieß er gleich, ach ja, Koffler."

Mit dieser Aussage, kann Alex etwas anfangen und fährt in die Pathologie. Immerhin, muss er noch die DNA-Proben abgeben.

Hierbei kommt er mit der Pathologin, Dr. Vanessa Wegener ins Gespräch. Er übergibt ihr die DNA-Proben und bittet sie, dies vor Koffler nicht auszuplaudern. Daraufhin sagt sie: „Der Koffler ist schon etwas merkwürdig, oder? Ich habe das Gefühl, er möchte nur das hören, was er hören will."

Neugierig fragt Alex nach und die Pathologin antwortet: „Da ihr beide, im Fall Steiner und Brenner ermittelt, kann ich es ihnen anvertrauen. Der Fußtritt von Saskia Steiner war nicht tödlich. Er wurde am Hinterkopf erschlagen, wie sich später herausstellte, was Koffler aber nicht interessierte."

Alex fragt weiter: „Wer könnte das gewesen sein?"

Dr. Wegener antwortet: „Nach 16 Jahren ist das nicht mehr feststellbar. Bei diesem Leichnam hatten wir Glück, ein brauchbares Skelett auf dem Tisch zu haben. Dass er erschlagen worden ist, steht außer Zweifel, Alex. Oh, sorry, Herr Bäumler."

Alex schmunzelt und sagt: „Passt schon mit Alex."

Dr. Wegener: „Vanessa. Das freut mich, Alex. Ich ergreife jetzt einfach die Initiative. Vielleicht hättest du einmal Lust auf einen Kaffee oder etwas anderes?"

Alex: „Sehr gerne, Vanessa. Aber, nicht in der Pathologie."

Vanessa lacht und sagt: „Nein, versprochen."

Vanessa und Alex, waren sich immer schon sehr sympathisch. Doch, waren ihre Begegnungen stets dienstlich.

Zur selben Zeit, als Alex zum Termin fuhr, waren Marie und Saskia, wieder vereint.

Saskia begrüßt ihre Schwester mit einem Schmunzeln im Gesicht, worauf Marie fragt: „Warum grinst du so schelmisch?"

Saskia: „Du gehst ohne Höschen aus dem Haus?"

Marie lächelt beschämt: „Hatte ich vergessen. Als ich es merkte, saß ich schon im Auto. Hat aber auch etwas Positives. Jetzt brauchen wir uns nur das Kleid auszuziehen, um dort weiterzumachen, wo wir gestört wurden."

Saskia: „Möchtest du es wirklich?"

Marie geht zu Saskia und öffnet ihr Kleid und sagt: „Unbedingt, Saskia. Ich möchte deinen Körper genau inspizieren. Er fasziniert mich sehr."

Als das Kleid von Saskia auf den Boden fällt, nimmt sie ihre Hand und geht mit ihr ins Schlafzimmer.
Marie streichelt den Bauch von Saskia, die ihre Hände über dem Kopf hat und es sehr genießt, wie Marie sie zärtlich berührt. Marie starrt auf den, vor ihr präsentierten Intimbereich. Nur zögerlich nähert sie sich mit den Händen diesem

Bereich. Langsam kreist sie mit einer Hand, vom Bauch zum Venushügel. Mit der anderen Hand, streichelt sie die Innenseite der Oberschenkel. Das macht sie sehr lange, bis sie endlich den Mut hat, die Beine von Saskia zu spreizen. Zurückhaltend berührt sie Saskias Vagina und dabei spürt sie, wie sie selbst feucht wird. Marie lächelt und sagt: „Oh, wie peinlich. Alleine der Anblick und das Berühren, erregt mich."

Saskia beruhigt sie: „Lass es einfach zu. Dein Körper reagiert darauf, was er fühlt."

Marie: „Ich habe Angst, dich nicht befriedigen zu können. Du hast so viel Erfahrung und..."

Saskia unterbricht sie: „Pssst, mach das, was du möchtest, ohne darüber nachzudenken."

Marie reagiert daraufhin entspannter. Mit einer Hand massiert sie sich, zwischen den Schamlippen selbst und mit der anderen Hand streichelt sie über Saskias Klitoris. Da Saskia angenehm stöhnt und sie ihr Becken etwas anhebt, beginnt Marie sie mit kreisenden Bewegungen, intensiver zu bearbeiten. Nun nimmt sie auch die zweite Hand und spielt mit den Fingern, zwischen Saskias Schamlippen und an der Vagina. Sie kann nicht anders und schiebt zwei Finger in Saskias Vagina ein. Worauf bei Saskia ein wohltuendes Stöhnen freigesetzt wird.

Langsam beginnt sie mit den Fingern zu penetrieren. Durch das zusätzliche massieren der Klitoris, bekommt Saskia einen Orgasmus.

Maries Finger werden dementsprechend nass und leicht klebrig. Daraufhin, geht Marie mit ihrem Kopf zwischen die Beine von Saskia und leckt mit der Zunge an ihrer Vagina. Dabei drückt sie mit der Nase auf ihre Klitoris. Saskia krallt sich in Maries Haare und stöhnt immer lauter. Es dauert nicht lange und Saskia bekommt ihren zweiten Orgasmus. Sie kostet diesen in voller Länge aus. Anschließend legt sie Marie auf den Rücken, spreizt ihre Beine und küsst sie auf dem Intimbereich. Mit der Zunge beginnt sie, Marie zu befriedigen. Nach nur kurzer Zeit, explodiert Marie regelrecht. Sie stöhnt und schreit vor Lust. Der Orgasmus zieht sich durch ihren gesamten Körper.

Nach einer kurzen Verschnaufpause sagt Marie: „So einen intensiven und tiefspürenden Orgasmus hatte ich noch nie erlebt. Jede Zelle und jede Faser meines Körpers, stand unter Strom. Ein wahrer Vulkanausbruch, echt krass.“

Saskia lächelt ihre Schwester liebevoll an und streichelt dabei ihr Gesicht.
Dann fragt Marie vorsichtig: „Wie war es für dich, mit einer Anfängerin?“

Saskia: „Traumhaft schön, Marie. Eine Frau, ist bei einer anderen Frau, nie eine Anfängerin. Du weißt, was dir gefällt und wie du selbst zum Orgasmus kommst. Somit, kannst du gar nichts verkehrt machen. Du hast mich absolut befriedigt und mir einen, nein, gleich zwei Höhepunkte beschert. Noch weitere Fragen?"

Marie ist überglücklich und sagt: „Saskia, ich möchte nicht mehr ohne dich leben. Meine Liebe zu dir, fühlt sich richtig und gut an."

Saskia antwortet: „Du weißt, dass es strafbar ist, als Geschwisterpaar liiert zu sein? Wobei gleichgeschlechtlich, nicht. Da wir keinen Nachwuchs zeugen können. Das Gerede und die Ablehnung anderer Menschen, darfst du nicht vergessen."

Marie: „Nichts und niemand kann mich daran hindern, dich zu lieben und zu begehren."

Saskia wirft Marie auf das Bett und küsst sie sinnlich auf den Mund. Ihre Zungen und Lippen verschmelzen. Die pure Leidenschaft, lässt sie vereinen. Überglücklich und mit inniger Liebe im Herzen, schlafen sie gemeinsam, Haut an Haut, ein.

Kurz vor 22 Uhr klopft es an der Tür. Saskia zieht sich einen Bademantel an und öffnet die Tür. Es ist Alex: „Ich muss mit euch reden, Saskia."

Saskia: „Ja, komm herein. Was ist denn passiert?"

Alex: „Wo ist Marie?"

Bevor Saskia etwas sagen kann, meldet sich Marie: „Ich komme schon."

Marie zieht ein Kleid an und kommt hinzu.
Alex sagt: „Saskia, du hast Karl Brenner nicht getötet. Er wurde am Hinterkopf erschlagen."

Saskia: „Erschlagen? Ich hatte ihn getreten, aber nicht erschlagen."

Alex: „Ich sagte bereits, du bist keine Mörderin, Saskia."

Saskia: „Und, wer sollte ihn erschlagen haben? Außer mir, war ja keiner dabei."

Alex: „Doch, Saskia. Ihr beide, seid verfolgt worden. Nach eurer Rangelei oder Kampf, nutzte eine andere Person die Gelegenheit, um Brenner zu töten. Dafür gibt es einen zuverlässigen

Zeugen und die Pathologie, hat dies bestätigt und bewiesen."

Saskia: „Und wer?"

Alex: „Es fällt mir nicht leicht, euch das zu sagen. Es war eure Mutter."

Saskia und Marie sind geschockt. Marie reagiert entsetzt: „Jetzt wo sie tot ist und sich nicht verteidigen kann, kommst du mit diesem Schwachsinn daher?"

Alex: „Das ist die Wahrheit. Eure Mutter hat Brenner getötet. Wahrscheinlich wollte sie es, ein für alle Mal beenden, dass Saskia vergewaltigt wird."

Saskia: „Und mich lässt sie im Glauben, eine Mörderin zu sein? Nicht einmal dazu war sie bereit, mir zu helfen. Ihretwegen wurde ich verhaftet und musste die Untersuchungshaft über mich ergehen lassen. Was war sie nur für eine Mutter?"

Marie: „Und, daran gibt es keinen Zweifel oder Irrtum?"

Alex: „So ist es, Marie. Koffler dürfte das gewusst haben. Jetzt ermittelt die

Staatsanwaltschaft. Ich wollte, dass ihr es von mir erfährt."

Marie zeigt sich dankbar und umarmt ihren Freund.
Saskia: „Das war eine brillante Arbeit, Alex. Vielen lieben Dank."

Alex: „Es gibt noch weitere Verdächtigungen, die eine abgründige Scheinheiligkeit, ans Tageslicht bringen können. Hierbei, müssen wir die DNA-Auswertungen abwarten. Nun, ich muss in den Dienst. Passt auf euch auf und genießt eure gemeinsame Zeit.

Beim Gehen gibt Alex, Saskia das Tagebuch und sagt: „Ihr solltet es wirklich lesen."

Marie und Saskia bleiben fragend zurück.
Saskia fragt: „Was meint er damit?"

Marie: „Naja, vielleicht hätten wir es doch fertiglesen sollen. Morgen wird unsere Mutter beerdigt, die eine Mörderin war. Das ist krass, oder?"

Saskia: „Krass finde ich, dass sie geschwiegen hatte. Sogar als ich verhaftet wurde, sagte sie nichts. Was war sie nur für eine Mutter? Sie sieht dabei zu, wie ihre Tochter abgeführt wird, für eine Tat, die sie selbst, begangen hatte. Mir fehlen die Worte, echt. Und, ich hätte ihr noch verzeihen sollen, damit sie in Frieden sterben kann."

Bei der Beerdigung ihrer Mutter, am nächsten Tag, wird dies verheimlicht, damit sie friedlich verabschiedet wird. Das haben Saskia und Marie vereinbart. Die Schwestern sind nur für kurze Zeit anwesend, um nicht wie üblich, von der Dorfgemeinschaft beschimpft zu werden.

Stattdessen, ziehen sie sich in das Hotel zurück. Marie trauert trotz der Umstände, um ihre Mutter. Sie hatte stets ein gutes Verhältnis mit ihr. Sie nimmt das Tagebuch und beginnt es zu lesen. Saskia sitzt neben ihr und streichelt ihr Knie und ihren Oberschenkel. Sie sagt: „Marie, ich weiß wie sehr du Mutter geliebt hast. Lass deine Trauer zu, wenn du das Bedürfnis danach hast. Soweit ich es beurteilen kann, war sie sehr liebevoll und auch fürsorglich zu dir. Bedenke aber auch, dass sie, auch dich belogen hatte und vor allem manipuliert hatte. Dein Leben war auf sie abgestimmt."

Marie: „Ich weiß und deshalb bin ich innerlich so zerrissen. Mich stört es am meisten, dass ich selbst nie etwas bemerkt habe, wie ich von ihr gelenkt wurde. Im Nachhinein ist alles etwas klarer und verständlicher, aber warum sah ich die ganzen Missstände nicht?"

Saskia: „Bei meiner Flucht, warst du 12 Jahre, und Mutter hatte dich behütet und die Realität vor dir verborgen gehalten."

Marie: „Ja, schon. Und was war danach? Ich lebte mit ihr alleine in diesem Haus und merkte nie, was alles vorgefallen war. Ich hinterfragte nicht, warum dein Zimmer versperrt war. Ich akzeptierte es schweigend, damit ich Mama nicht verärgere. Warum, war ich so? Ich lebte schweigend neben Mama, von einen Tag zum anderen, ohne auf meine Bedürfnisse einzugehen. Ich hatte Träume, die ich nie verfolgte. Mein ganzes Leben, war ich nur für Mama auf dem Hof. Warum, war ich so?"

Saskia: „Akzeptiere die Vergangenheit, die du nicht ändern kannst, Marie. Beginne jetzt dein Leben, das du leben willst."

Marie: „Und was für ein Leben möchte ich jetzt?"

Saskia: „Sag du es mir."

Marie sitzt traurig auf der Couch und blickt das Tagebuch an, dass sie in den Händen hält. Dann sagt sie: „Träume und Wünsche habe ich noch immer. Was und wieviel, darf man fordern oder verlangen?"

Saskia: „Naja, fordern und verlangen, sollte man nichts. Jedoch seine Wünsche äußern und Träume verfolgen, darf jeder Mensch."

Marie starrt noch immer das Tagebuch an und sagt: „Also gut. Mein größter Wunsch ist, mit dir, als Liebespaar zusammen zu sein. Mein Traum wäre, wenn du nicht mehr als Prostituierte arbeiten würdest. Wenn ich daran denke, wie dich Männer benutzen..., oh..., das halte ich nicht aus. Du bist viel zu schade und viel zu wertvoll, dafür."

Saskia: „Aber, ich bin ganz gut, in diesem Job."

Marie: „Das bezweifle ich auch gar nicht. Mir bricht es das Herz dabei, wenn du dich als Lustobjekt den Männern anbietest. Ich habe das Gefühl, du bestrafst dich selbst damit, was deinem Körper angetan wurde. Es war nicht deine Schuld. Beginne auch du, dein Leben zu leben, was du möchtest, Saskia. Machen wir es doch so. Ich halte das Tagebuch unserer Mutter in meinen Händen. Schließen wir beide mit unserer Vergangenheit ab und lesen erstmal, was hier niedergeschrieben wurde. Wir beide, leiden doch darunter. Erst wenn wir es verarbeitet haben, können wir ein neues Leben beginnen."

Saskia überlegt kurz und antwortet dann: „Okay, einverstanden. Versuchen wir es, gemeinsam zu verstehen und zu verarbeiten."

Marie schlägt das Tagebuch auf und sieht Saskia an und sagt: „Saskia, wir schaffen es gemeinsam."

Die ersten Seiten des Buches, lesen sich schon sehr fragwürdig. Mutters Sichtweise ist für beide, schwer nachvollziehbar.
Saskia sagt nach wenigen Seiten: „Es liest sich wie ein psychisches Gutachten. Wie kann eine Frau, einem Mann nur so verfallen sein? Sie tat alles für seine Liebe und Anerkennung, obwohl er um sie geworben hat."

Marie: „Ja, soviel ich weiß, tat er alles, um sie zubekommen. Mama war immer die schönste Frau im Dorf, erzählte man mir. Noch bevor sie Vater geheiratet hatte, wollte er sie bereits. Aber, warum, war sie dann so schräg drauf? Sie brauchte ja nicht um ihn kämpfen. Er wollte sie. Anscheinend hat sie spät begonnen, ihre Gedanken aufzuschreiben. Über unseren Vater steht eigentlich gar nichts."

Beide widmen sich wieder dem Buch. Etwas später sagt Saskia: „Ihre Eifersucht war sehr ausgeprägt, mir gegenüber. Hat sie echt geglaubt, ich hätte mir ihren Freund geangelt?"

Marie: „Scheint so. Wobei, es eher so gemeint ist, dass Karl dich, ihr vorgezogen hatte. Ich denke, das machte sie eifersüchtig. Sie war für ihn, nurmehr zweite Klasse, denke ich. In erster Linie, warst du sein Lustobjekt und nicht sie. Was sie aber gerne gewesen wäre."

Nach einigen Seiten, sagt Marie: „Aha, jetzt dürfte sie es bemerkt haben, dass er dich vergewaltigt und wie es hier steht, deine Lesben-Krankheit mit Gewalt austreiben möchte."

Saskia: „Ja, und statt mir zu helfen und ihn fortzujagen, möchte sie sein Lustopfer sein und bat ihn, sie zu vergewaltigen. Wie krank ist denn das?"

Marie: „Sie wollte um jeden Preis, seine Nummer Eins sein. Besser diese Zuneigung, als keine."

Etwas später bemerkt Marie etwas und sagt: „Schau mal, da hatte sie sich verschrieben. Hier steht, warum tut er seiner Tochter das an und vergewaltigt sie so brutal. Sollte doch heißen, meine Tochter, oder?"

Saskia lehnt sich zurück und sagt: „Das will ich doch hoffen, dass sie sich verschrieben hatte."

Nach einiger Zeit sagt Marie: „Oder doch nicht? Hier steht, er begehrt seine Tochter, sexuell mehr als mich. Ich habe das Recht, sein Sex Opfer zu sein und nicht Saskia. Hat sie sich abermals verschrieben?"

Saskia schlägt ihre Hände über ihren Kopf zusammen und sagt: „Bitte nicht, die nächste Hiobsbotschaft."

Marie: „Aber das würde doch bedeuten, dass sie zuerst mit Karl zusammen war und erst später Vater geheiratet hat. Das war doch nicht so, oder?"

Saskia: „Keine Ahnung."

Saskia springt von der Couch auf und sagt entschlossen: „Wir werden einen DNA-Test machen. Ich habe einen Freund in Florida."

Marie: „Da müssten wir unsere DNA, in die USA senden. Ich frag Alex, ob es hier schneller gehen würde."

Saskia ist einverstanden und Marie ruft bei Alex an. Sie stellt auf Lautsprecher, damit Saskia mithören kann und erzählt ihr Vorhaben und Alex antwortet: „Ich habe es bereits veranlasst. Ich habe das Tagebuch gelesen und sämtliche DNA-Spuren in eurem Haus sichergestellt. Jetzt müssen wir noch auf die Auswertungen warten."

Saskia fragt: „Wie lange dauert das?"

Alex: „Sollte demnächst abgeschlossen sein. Saskia, der Taxifahrer, den du KO geschlagen hast, kennst du diesen Mann, von früher?"

Saskia überlegt kurz und antwortet: „Nein, nicht das ich wüsste. Warum?"

Alex: „Nun, er war mit Brenner und Koffler sehr gut befreundet und er war der dritte Mann. Diese drei Personen hatten das Dorf, fest im Griff."

Nach dem Telefonat, sagt Saskia zu Marie: „Diesen Kerl werden wir besuchen. Komm, wir gehen."

Marie zweifelt daran, ihn zu finden, aber Saskia war fest entschlossen. Und es war nicht schwer, diesen Mann zu finden. Saskia entdeckt ihn, beim Taxistand. Marie steigt hinter dem Fahrer ein und Saskia hinter dem Beifahrersitz.

Saskia sagt: „So sieht man sich wieder."

Der Taxifahrer wirkt überrumpelt: „Hey, was wollt ihr? Raus aus meinem Wagen."

Saskia antwortet: „Möchtest du jetzt vor deinen Kollegen, zwei sexy Frauen, aus dem Taxi werfen? Du bist mir noch etwas schuldig, und du weißt warum."

Der Taxifahrer: „Schon gut. Was möchtest du?"

Saskia: „Nur ein paar Antworten, dauert auch nicht lange. Kanntest du Karl Brenner?"

Der Fahrer: „Ja, er war der Bürgermeister im nahegelegenen Dorf."

Saskia: „Was hattest du damals mit ihm zu tun?"

Der Fahrer: „Wir waren Schulkameraden. Als er Bürgermeister wurde, profitierte ich davon. Er gab mir Arbeit und ich gehörte zur Elite im Dorf."

Saskia: „Warst du für die Drecksarbeit zuständig? Sein sogenannter Handlanger?"

Der Fahrer: „Ja, so in dieser Richtung, ja."

Saskia: „Warum wolltest du mich letztens vergewaltigen?"

Der Fahrer: „Es tut mir wirklich sehr leid, dass es so gekommen war. Koffler hatte mir Geld gegeben, damit ich dich... du weißt schon."

Saskia: „Warum?"

Der Fahrer: „Bei Koffler, fragt man nicht nach, sondern gehorcht."

Saskia: „Weißt du, wer ich bin?"

Der Fahrer: „Klar, Saskia Steiner."

Saskia: „Wer sind meine Eltern?"

Der Fahrer: „Was ist das für eine Frage? Du kennst doch deine Eltern."

Saskia: „Beantwortest du mir bitte, einfach die Frage?"

Der Fahrer: „Deine Mutter ist Jessica, eine ehemalige Schönheitskönigin und dein Vater ist Alfons Steiner, aber Karl sagte, er sei dein leiblicher Vater. Ob das stimmt, weiß ich nicht."

Saskia hält ihr Gesicht mit den Händen zu. Darauf sagt er: „Der Brenner war gut zu mir, aber schlecht zu dir. Das wusste ich. Es tut mir sehr leid. Er meinte, seine Tochter darf nicht lesbisch sein. Obwohl ich glaube, das war für ihn nur eine Ausrede. Er liebte dich als Sexobjekt. Vor jedem anderen Mann, hatte er dich beschützt. Er sah dich als sein privates Eigentum an."

Saskia: „Du wusstest, was er mir angetan hatte und du unternahmst nichts dagegen?"

Der Fahrer: „In Brenner, gehorcht man und widerspricht man nicht. Ich war zu feig, etwas zu sagen."

Saskia: „Was hat er dir gegeben, für deine Loyalität?"

Der Fahrer: „Seine Freundschaft."

Saskia: „Für das machtest du seine Drecksarbeit?"

Der Fahrer: „Ja, seine Freundschaft war das Tollste für mich und das Einzige was ich hatte."

Saskia: „Und nach seinem Ableben?"

Der Fahrer: „Ich fahre Taxi. Ist die Antwort genug?"

Saskia: „Für Geld hättest du mich vergewaltigt?"

Der Fahrer: „Nein, dazu wäre ich zu feige gewesen. Eher einschüchtern und dir Angst machen."

Saskia: „Wie heißt du eigentlich?"

Der Fahrer: „Peter Bauer."

Saskia: „Was hat Brenner mit Koffler zu tun?"

Peter: „Einfach erklärt. Brenner war Bürgermeister, Koffler der Polizist und ich ihr Depp für die Drecksarbeit. Wobei ich aber sagen muss, nur in dieser Zeit war ich wer, so bescheuert es auch klingt."

Saskia: „Nein, genau in diesem Moment, bist du wer, Peter. Ich denke, in deinem Herzen bist du ein vernünftiger Mensch. Wie weit ging deine Drecksarbeit für die Beiden? Koffler hatte mich ebenfalls vergewaltigt, wusstest du davon?"

Peter: „Nein, das wusste ich nicht. Das kann ich mir gar nicht vorstellen, Brenner hätte es niemals zugelassen."

Saskia: „Oh doch. Beide zur selben Zeit. Eine tolle Erfahrung, von zwei Perversen, brutal vergewaltigt zu werden."

Peter: „Oh mein Gott. Das wusste ich wirklich nicht. Ich verstehe nicht, warum Brenner das zugelassen hatte. Du warst sein Eigentum, sorry, niemals hätte er sein Eigentum geteilt, nicht einmal mit Koffler. Offensichtlich, hatte Koffler irgendetwas gegen Brenner in der Hand. Oder, er war ihm etwas schuldig. Diese Mistkerle, hatten ein Geheimnis vor mir und ich war nur ihr Depp."

Saskia: „Wolltest du mich damals auch benutzen, neben Brenner? Sei ehrlich zu mir."

Peter: „Abgesehen davon, dass Brenner es niemals zugelassen hätte, nein."

Saskia: „Warum nicht?"

Peter: „Ich bin homosexuell. Das war auch der Grund, warum Brenner mir den Job gab, auf dich aufzupassen, wenn du in die Schule gingst, oder sonst wohin. Kein Mann, durfte dir zu nahekommen. Ja, ich war dein Babysitter, sozusagen."

Saskia: „Und? War ich artig und brav?"

Peter: „Ja, sehr sogar. Ich beschützte dich, wie meine eigene Tochter. Zumindest, außerhalb des Hofes. Du bist mir ans Herz gewachsen."

Saskia: „Oh, hätte ich jetzt nicht gedacht. Hattest du mit Brenner und Koffler, sexuellen Kontakt?"

Peter: „Mit Koffler, ja."

Saskia: „Er war doch mit einer Frau zusammen, oder nicht?"

Peter: „Für seine perversen Spiele, brauchte er beide Geschlechter."

Saskia: „Eine Frage habe ich noch, Peter. Was geschah mit meinen Vater Jakob Steiner?"

Peter: „Er hatte einen Autounfall."

Saskia: „War er selbst daran schuld?"

Peter: „Das würde ich nicht bestätigen. Jedoch, weiß ich keine Details. Das ganze Dorf, glaubt nicht an Eigenverschulden, aber keiner weiß, wer dahinterstecken konnte. Das ist sehr undurchsichtig und sehr schwammig."

Saskia: „Ich danke dir, Peter, für deine Ehrlichkeit. Ich hoffe, wir sehen uns im Guten wieder. Und noch ein guter Rat von mir, Koffler ist deiner Freundschaft nicht würdig. Umgebe dich mit Menschen, die es gut mit dir meinen."

Am nächsten Tag, fliegt Saskia spontan nach Florida, um ihr Haus zu verkaufen. Sie hat einen Makler beauftragt und möchte es persönlich übergeben. Marie begleitet ihre Schwester. Für Saskia steht fest, nicht mehr in Florida leben zu wollen.

Noch vor dem Verkauf, begegnet sie auch ihrer ehemaligen Lebensgefährtin Kim. Sie bittet um ein Gespräch in einem Café, was Saskia nur widerwillig eingeht. Kim bittet Saskia um Verzeihung: „Wir gehören doch zusammen, Saskia. Lass uns den Streit vergessen."

Saskia: „Wir haben nicht gestritten. Du hast mich fallen gelassen."

Kim: „Du weißt wie sehr ich ein Menschenleben schätze. Und der Gedanke, dass du jemanden getötet hast, spricht gegen meinen Kodex. Nun, weiß ich, dass du keine Mörderin bist."

Saskia: „Auch wenn ich am Tod beteiligt gewesen wäre, hättest du meine Situation erkennen müssen. Ich wurde vergewaltigt und bei der Flucht, handelte ich in Notwehr um mein Leben zu retten. Das hast du komplett ignoriert. Ja, es war Notwehr. Und wie der Name schon sagt, handelte ich in Not."

Kim: „Saskia, denk an unsere gemeinsame schöne Zeit."

Saskia: „Nein, Kim. Du hast mich enttäuscht und fallen gelassen. Abgesehen davon, bin ich in einer neuen Beziehung. Ja, und meine neue Geliebte, steht in guten und schlechten Zeiten, zu 100 Prozent hinter mir."

Kim: „So schnell hast du mich ausgetauscht?"

Saskia: „Nicht schneller, als du mich fallen gelassen hast."

Kim: „Du kennst sie doch noch nicht so lange."

Saskia: „Doch, ich kenne sie, seitdem sie geboren wurde. Ich sehe, wie es jetzt in deinem Kopf raucht. Ja, es ist meine Schwester Marie."

Saskia dreht sich zu Marie und küsst sie auf den Mund. Kim ist enttäuscht: „Perverser geht es echt nicht mehr."

Kim steht auf und sagt noch: „Sie ist deine Schwester. Du machst echt vor nichts Halt. Einmal Hure, immer Hure."

Nachdem Kim gegangen ist, sagt Saskia zu Marie: „Das hat gesessen, Kompliment. Ich hatte sie geliebt und sie sah nur, eine Hure in mir?"

Marie: „Sie ist enttäuscht. Das sagte sie aus Verzweiflung, weil sie dich noch liebt."

Saskia: „Ansichtssache, aber gut. Darf ich dir mein Haus zeigen, solange es noch mir gehört?"

Marie: „Sehr gerne."

Saskia fährt mit Marie, bei ihrem Haus vor. Marie sagt: „Das ist kein Haus, sondern ein Palast. Dieses Anwesen gehört dir?"

Saskia: „Noch, ja."

Völlig überwältigt, geht Marie in Saskias Haus und wird vom Luxus regelrecht überschwemmt. Alles ist vom Feinsten und nur die edelsten Materialien sind verbaut.
Marie stellt fest: „Mit unserem alten Hof, überhaupt nicht zu vergleichen. Ein Wahnsinn, was du dir geschaffen hast."

Saskia antwortet: „Alles nur Fassade, Marie. Ein robustes Haus, wie in unserer Heimat, ist das hier nicht. Willkommen in den Vereinigten Staaten von Amerika."

Marie ist trotzdem fasziniert und fragt: „Möchtest du mit mir einen Rundgang machen?"

Saskia: „Später sehr gerne. Der Makler ist soeben vorgefahren. Fühl dich wie zuhause und du darfst dir alles anschauen."

Saskia geht vor das Haus um den Makler zu begrüßen. Marie sieht sich im Haus um. Wie versteinert steht sie im Badezimmer und wird von der Eleganz geblendet. In diesem Haus sind drei große Badezimmer. Als sie zu einem großen Schlafzimmer kommt, entdeckt sie auf einem kleinen Tisch, unzählige Kondome, die erstklassig präsentiert sind. Ihr wird bewusst, dass dies ihr Arbeitsraum sein müsste. Seidenbettwäsche verziert das große Bett und ein direkter Zugang zu einem der Bäder. In diesem Raum, fühlt sie sich doch etwas unwohl und geht weiter. Luxus pur, egal wo sie hingeht und hinschaut. Nach der Besichtigung geht sie in den großen Garten und setzt sich auf eine Gartencouch, gleich neben der Terrassentür. Ungewollt, hört sie Teile des Gesprächs zwischen Saskia und dem Makler, der zu ihrer Schwester sagt: „Meine Provision könntest du auch mit deinen Dienstleistungen abbezahlen."

Darauf antwortet Saskia: „Ich verdiene in einer Woche den Wert dieses Hauses. Wie hoch ist deine Provision? In wieviel Minuten oder gar Sekunden, hätte ich deine Provision abgeleistet?"

Der Makler: „Ich habe verstanden. Ich bitte höflichst und in aller Form um Entschuldigung für meine überhebliche Selbstüberschätzung."

Saskia: „Schon gut. Übernimmst du diesen Auftrag, sowie vereinbart?"

Der Makler stimmt dem Vertrag zu und verabschiedet sich.

Marie spricht Saskia auf das Gespräch mit dem Makler an und Saskia antwortet schmunzelnd: „Das ist Amerika. Alles nur Business und Show. Solche Typen, laufen hier viele herum."

Marie: „Tut es dir nicht leid, wenn du dieses Haus verkaufst?"

Saskia: „Nein, überhaupt nicht."

Marie: „Lebte Kim auch hier?"

Saskia: „Ja, aber sie hat auch ein eigenes Haus, ganz in der Nähe von diesem Haus."

Marie: „Dein Arbeitszimmer war auch in diesem Haus, wie ich sehen konnte. War das nicht komisch, beruflich und privat unter einem Dach?"

Saskia: „Ja, zum Teil schon. So war es für mich aber bequemer. Möchtest du zum Meer gehen? Nur wenige Gehminuten entfernt, ist ein toller Strand."

Marie ist begeistert. Händchenhaltend gehen sie gemeinsam, Richtung Strand. Beim Hafen, wird Saskia von einer Luxusyacht aus begrüßt: „Hey Saskia. Komm an Bord, ich habe etwas für dich."

Saskia: „Hi George, komm du zu mir."

Saskia sagt zu Marie: „Das ist ein Geschäftspartner von mir. Es wird nicht lange dauern."

George freut sich über Saskias Heimkehr nach Florida. Saskia stellt ihm, ihre Schwester vor. Dann sagt George: „Ich habe eine tolle Party für dich organisiert."

Saskia unterbricht ihn: „George, ich arbeite nicht mehr. Ich verlasse Florida."

George: „Was? Nein, das kannst du nicht machen. Das ist eine Mega-Party."

Saskia: „Nein, George, ich bin nicht mehr zu buchen, sorry. Komm, Marie, lass uns gehen."

Später fragt Marie: „Was und wie kann ich mir so eine Party vorstellen?"

Saskia: „Eine Party ist eine Porno-Orgie, die alles Perverse beinhaltet, was du dir vorstellen kannst. George organisiert solche Orgien für reiche Geschäftsmänner. Dafür gibt es eine Gage in mittlerer 5-stelliger Höhe."

Marie: „Wow. Hast du sie jetzt meinetwegen abgesagt?"

Saskia: „Ich möchte mit dir ein neues Leben beginnen. Mir ist bewusst, dass ich ein Leben als Prostituierte nicht mehr führen möchte, dank dir, Marie. Durch dich, lerne ich eine andere Seite zu schätzen, die ich vorher nicht hatte und nicht kannte. Was auch immer ich machen werde, ich möchte es mit dir gemeinsam erleben."

Marie: „Deine Worte schmeicheln mir. Ich hoffe, ich kann dir würdig sein."

Saskia: „Das bist du definitiv. Gerne würde ich Florida verlassen und wieder im Hotel sein. Wir sollten uns Gedanken machen, wo wir leben möchten. Das Hotel ist nur eine Zwischenlösung."

Marie: „Vorrangig müssen wir uns von unserem Hof trennen. Im Dorf möchte ich nicht mehr leben. Definitiv, möchte ich mit dir zusammenleben, aber nicht von dir leben. Das ist mir sehr wichtig. Mir ist bewusst, dass ich mit deinem luxuriösen Standard nicht mithalten kann. In diesem Punkt, sind wir sehr verschieden. Wie könnte es mit uns funktionieren?"

Saskia: „Mit dem Verkauf deines Hofes, hast du die finanzielle Freiheit, etwas Neues zu erwerben. Ich würde vorschlagen, wir suchen uns etwas, was für uns beide passt."

Marie: „Wo würdest du dich wohlfühlen?"

Saskia: „Erstmal im Hotel. Lass uns heim Fliegen."

Im Hotelzimmer in ihrem Heimatland, lassen sich Saskia und Marie, erschöpft auf das Bett fallen. Saskia atmet tief durch und Marie sagt: „Wow, ich war für ein paar Stunden in Florida, echt krass. Bisher, war es schon eine Sensation, wenn ich aus dem Dorf in die nächste Stadt kam."

Saskia: „Oft ist die eigene Heimat sowieso am schönsten. Wenn, es nicht genau dieses verlogene Dorf wäre."

Marie: „Stimmt. Sollten wir Alex informieren? Das Tagebuch haben wir auch noch nicht durch."

Saskia: „Gibt es noch mehr Überraschungen?"

Marie holt das Buch und setzt sich damit auf das Bett zu Saskia und sagt: „Wie wahrscheinlich ist es, dass du gar nicht meine Schwester bist?"

Saskia: „Sehr wahrscheinlich, sind wir Halbschwestern. Im Tagebuch sind Hinweise zu finden und Peter sagte es auch."

Marie: „In meinem Herzen bist du meine große Liebe und du bist und bleibst meine Schwester, und Punkt."

Saskia schmunzelt: „So süß von dir."

Marie beginnt aus dem Buch vorzulesen. Saskia hört trotz Müdigkeit, aufmerksam zu.

Kurz vor den letzten Seiten, sagt Marie: „Ihre Eifersucht, deinetwegen und ihr Hilferuf nach Karls sexueller Aufmerksamkeit, ziehen sich durch das ganze Buch. Sie machte es zu ihrem Lebensmittelpunkt. Mich erwähnte sie kaum."

Saskia: „Dich hatte sie ja täglich um sich, vielleicht deswegen."

Marie: „Die letzte Seite, endet mit dem Satz, Saskia ist frei wie ein Vogel und an ihrem Herzen haftet das Böse der Schweigenden."

Saskia sagt: „Das Buch endet genauso krank, wie es begonnen hat."

Marie: „Sehr seltsam, und doch ein Schuldeingeständnis im Verborgenen."

Saskia: „Sie war definitiv psychisch krank."

Marie: „Ich merkte es die ganzen Jahre nicht. Nun, jetzt haben wir das Tagebuch durch, können wir jetzt wirklich die Vergangenheit hinter uns lassen?"

Saskia: „Wenn wir beide, gemeinsam die Türen der Vergangenheit schließen, mit allem was dazu gehört, dann ja."

Marie lässt ihre Gedanken kreisen und nach einiger Zeit sagt sie: „Der Hof muss endlich aus unserem Leben verschwinden. Hey, schläfst du schon?"

Saskia flüstert: „Ja."

Marie: „Mit Klamotten? Ich helfe dir beim Ausziehen."

Marie entkleidet ihre Geliebte, was ihr relativ schwerfällt. Denn, Saskia hilft überhaupt nicht mit und schmunzelt sogar noch dabei. Als Saskia endlich splitternackt vor ihr liegt, fragt Marie: „Soll ich dir zum Schlafen etwas anlegen?"

Saskia sagt lächelnd: „Ja, dich."

Marie lacht und entkleidet sich ebenfalls splitternackt. Sie kuschelt sich zu Saskia und beide beginnen sich gegenseitig zu verwöhnen und zu befriedigen. Bis sie nach langer Zeit, erschöpft einschlafen.

Während das verliebte Paar, zusammengekuschelt schläft, sendet Alex eine Textnachricht an Marie. Er kündigt sich in

Begleitung der Pathologin Vanessa, für den frühen Vormittag an, um ihnen die DNA-Ergebnisse mitzuteilen. Weiters fragt er, ob sie sich in Saskias Hotelzimmer treffen wollen, oder in der Hotellobby.

Am späteren Morgen, erwacht Saskia vor Marie, die dicht mit dem Rücken an ihr liegt. Saskia hebt ihren Kopf über Marie und küsst sie auf die Wange. Dabei entweicht Marie, ein friedlicher und entspannter Seufzer. Saskia drückt Marie, mit den Händen fest an sich um weiter zu schlummern. Doch Marie sagt: „War das, die ganze morgendliche Zärtlichkeit?"

Saskia hebt ihren Kopf, lächelt Marie an und beginnt sie zu kitzeln. Marie beginnt darauf laut zu Lachen und sagt: „Nein, bitte nicht kitzeln, nein."

Saskia lässt von ihr ab und dreht Marie auf den Rücken. Sie zieht die Decke von Maries Körper, und begutachtet ihr nacktes Wesen. Mit ihrem Zeigefinger und vorwiegend mit dem Fingernagel, streicht sie vom Hals, abwärts ganz langsam über ihre Brüste und weiter über den Bauch bis zum Venushügel. Die Brustwarzen von Marie, strecken sich verhärtet Saskia entgegen. Beide Frauen spüren, wie sie erregt werden. Saskia lässt ihren Finger mit dessen langen Fingernagel, wieder aufwärts gleiten.

Bevor sie die Brüste erreicht, klingelt das Handy von Marie.

Sie greift nach dem Telefon und da es Alex ist, schaltet sie beim Abheben auf den Lautsprecher, sodass Saskia mithören kann.

Alex sagt: „Guten Morgen, Marie. Ich gehe davon aus, dass du meine Nachricht noch nicht gelesen hast. Ich werde mit der Pathologin in etwa einer Stunde in der Hotellobby sein. Bis später."

Marie fragt Saskia: „Welche Nachricht? Ah, da ist sie. Er schrieb kurz vor Mitternacht. Okay? Also, Saskia, du hast es gehört, wir haben noch eine Stunde Zeit, für uns."

Saskia steht auf und antwortet: „Nicht dafür, was du jetzt denkst, Süße. Raus aus dem Bett."

Beide machen sich im Bad frisch. Anschließend stehen sie beide nackt vor dem Kleiderschrank und wissen nicht, was sie anziehen sollen. Saskia stellt ein Outfit für Marie zusammen. Worauf Marie antwortet: „Echt jetzt? Das sind deine wunderschönen Klamotten und mir passt es ja gar nicht so."

Saskia: „Oh doch, und wie dir das passt."

Beide ziehen sich an und begutachten sich gemeinsam vor dem Spiegel. Marie hat einen kurzen engen schwarzen Minirock an, ein hautenges Trägerleibchen ohne BH und eine schwarze Feinstrumpfhose mit seitlichen Mustern. Dazu schwarze High-Heels an den Füßen. Saskia ist mit einer transparenten weißen Bluse mit Spitzen versehen, auch ohne BH und mit einem schwarzen kurzen Rock bekleidet. Darunter trägt sie halterlose Nylonstrümpfe und an den Füßen, schwarze Pumps mit hohen Absätzen. Sie lächeln sich gegenseitig im Spiegel an und beide entweicht ein tiefer Seufzer und sagen dabei: „Wow."

Marie beugt sich zu Saskia. Sie gibt ihr einen Kuss und flüstert ihr ins Ohr: „Du siehst so verdammt scharf aus. Müssen wir überhaupt in die Hotellobby? Ich wüsste etwas ganz Heißes, was uns beiden gefallen würde."

Saskia lacht und sagt: „Was auch immer du damit meinst, das zeigst du mir später."

Händchenhalten gehen sie in die Hotellobby, wo bereits Alex mit Vanessa wartet. Sämtliche Blicke sind auf dieses Traumpaar gerichtet.
Alex steht auf und sagt: „Ihr erscheint wie zwei Prinzessinnen."

Nachdem sie sich gegenseitig vorgestellt haben sagt Alex: „Gleich zu Beginn, möchte ich euch das schönste Ergebnis mitteilen, Saskia und

Marie, ihr seid definitiv Schwestern, gleiche Mutter und gleicher Vater."

Saskia und Marie umarmen sich voller Freude und sind überglücklich. Danach setzen sie sich wieder, dicht nebeneinander. Jede, hat ihre Hand, auf das Bein der anderen gelegt. Marie freut sich: „Das ist für mich die schönste Nachricht, dass Saskia meine richtige Schwester ist."

Saskia fügt hinzu: „Vor allem, dass unser Papa, Alfons ist und nicht der Brenner. Aber warum schrieb Mutter, etwas anderes in ihr Tagebuch?"

Alex: „Keine Ahnung, vielleicht glaubte sie, dass Brenner der Vater sei, oder sie hat sich zweimal verschrieben? Oder, sie hätte es sich gewünscht und eingeredet."

Saskia: „Wir hatten ein Gespräch mit Peter Bauer, dem Taxifahrer. Er sagte auch, dass Brenner meinte, ich sei seine Tochter."

Alex: „Peter Bauer, war viel mit Brenner und auch Koffler zusammen. Jedoch hatte ich noch nicht die Zeit, ihn zu vernehmen."

Saskia: „Er ist ein harmloser Mitläufer."

Alex: „Nun, es gab ja offensichtlich unzählige DNA-Spuren im Haus. Dazu kann euch Vanessa mehr sagen."

Marie fragt lächelnd: „Ihr kennt euch besser?"

Alex lächelt und sagt: „Ja, wir hatten, in den letzten Tagen viel Zeit, mit eurem Fall verbringen müssen und da sind wir uns nähergekommen."

Vanessa fügt ein: „Da ist es passiert. Der Polizist und die Pathologin sind frisch verliebt."

Marie und Saskia freuen sich für die beiden.
Vanessa sagt: „Nun, Saskia, in deinem Zimmer, was ja bekanntlich der Tatort war, sind Spermaspuren von Brenner und Koffler identifiziert worden. Weitere DNA, war von dir und von deiner Mutter zu finden. Das stimmt mit dem überein, was du ausgesagt hast."

Saskia: „Ja, nun ist das bewiesen, was ich gesagt habe. Was ist mit dem Unfall von unserem Vater? Laut Peter, zweifelt das ganze Dorf, an Selbstverschulden unseres Vaters."

Alex: „Auch diesem Verdacht bin ich nachgegangen, aber ohne Erfolg."

Saskia: „Ich bin mir sicher, dass Koffler oder Brenner, oder gar beide zusammen, unseren Vater auf dem Gewissen haben. Für Brenner war ich sein Eigentum. Niemand durfte an mich heran. Ich hatte sogar einen Leibwächter außerhalb vom Hof. Brenner beauftragte Peter damit. Also, warum durfte Koffler, Brenners Eigentum benutzen, also mich? Entweder hatte Koffler, Brenner in der Hand, oder Brenner, war Koffler etwas schuldig. Die beiden, oder einer von den beiden, hat unseren Vater getötet. Jetzt ist die Frage, wie kann man das beweisen?"

Alex: „Koffler wird sicher nichts sagen und Brenner kann nichts mehr sagen. Der Unfallwagen ist schon längst verschrottet und die Unfallstelle, schon längst regeneriert."

Saskia: „Koffler muss reden, egal wie."

Die nächsten Tage, verbringen Marie und Saskia in Zweisamkeit und mit der Planung ihrer gemeinsamen Zukunft.

Unerwartet, steht Peter Bauer, vor Saskias Hotelzimmer. Sie öffnet ihm im Bademantel. Er erzählt ihr: „Saskia, ich war stets Brenner und Koffler hörig. Doch jetzt, sehe ich es anders. Du hast mir gesagt, ich sei kein schlechter Mensch. An deine Worte hatte ich permanent denken müssen. Obwohl ich mich, dir gegenüber benommen habe, wie ein richtiger mieser Typ, hast du mir verziehen und gesagt, du hoffst auf ein Wiedersehen im Guten."

Saskia unterbricht ihn: „Komm herein."

Peter: „Nein, danke Saskia. Es dauert nicht lange. Deine Worte haben mich geprägt und mein Herz berührt. Vor etwa 18 oder 19 Jahren, gab mir Brenner ein Kuvert, das ich aufbewahren sollte. Dies fiel mir ein, als mir gestern, der Koffler ebenfalls einen Brief gab, den ich für ihn verstecken soll, weil die Staatsanwaltschaft auch gegen ihn ermittelt und diesen Brief nicht finden darf. Ich habe keine Ahnung was in den beiden Kuverts drinnen ist. Doch, denke ich, dass es eventuell mit dir oder deiner Familie zu tun hat. Auch auf die Gefahr hin, dass mich Koffler dafür aus dem Weg räumen wird, möchte ich dir diese zwei Kuverts geben, damit du nachsehen kannst.

Peter reicht Saskia die Kuverts und Saskia sagt: „Warum mir, Peter?"

Peter: „Ich vertraue nur dir. Du öffnest beide und wenn es dich betrifft, behältst du diese, wenn nicht, verschließt du sie und ich nehme sie wieder mit."

Saskia nimmt die Kuverts und öffnet den ersten sehr behutsam. Sie liest den Inhalt und Tränen laufen in ihr Gesicht. Nach dem zweiten Brief, werden ihre Tränen mehr. Sie weint bitterlich und umarmt Peter mit den Worten: „Danke, es betrifft meinen leiblichen und einzigen Papa. Ich wusste, dass du ein gutes Herz hast."

Nach der dankbaren Umarmung, bevor Saskia noch etwas sagen kann, verschwindet Peter sehr schnell.

Saskia informiert Alex, der umgehend in das Hotel kommt. Während Alex bei Saskia und Marie im Hotelzimmer sitzt und die Briefe durchliest, wird er zu einem Einsatz gerufen. Marie und Saskia sind nun alleine mit den geheimnisvollen Briefen.

Marie sagt: „Das ist so verrückt. Brenner hatte ein Schuldgeständnis von Koffler, und er wiederum ein Schuldgeständnis von Brenner.

Beide haben Vater getötet und sich gegenseitig gedeckt und sich selbst abgesichert."

Saskia: „Und beide, vertrauen es unabhängig voneinander, derselben Person an. Koffler konnte es nicht verschwinden lassen, da er nicht wusste, wo Brenners Brief geblieben ist."

Marie: „Als Geschenk, dass Koffler, Brenner geholfen hatte, unseren Vater zu beseitigen, durfte er dich, mit Brenner gemeinsam, vergewaltigen."

Saskia: „Zum Glück haben sie Peter unterschätzt, der gut kombinierte und richtig gehandelt hat. Schade, dass er so schnell verschwunden ist. Ihm verdanken wir die Wahrheit über Papas Tod. Ich frage mich, ob Mutter davon wusste."

Marie: „Ich würde es ihr zutrauen, wirklich. Immerhin war sie auch schon vor Papa, mit dem Brenner zusammen."

Saskia: „Warum hat sie eigentlich, unseren Vater geheiratet und 2 Töchter mit ihm gezeugt, wenn sie immer schon den Brenner geliebt hatte?"

Marie: „Diese Antwort hat sie mit in ihr Grab genommen. Saskia, um wieder auf unsere Zukunft zurückzukommen, über die wir gesprochen haben. Auch wenn du gerne in

Moskau leben würdest, habe ich meine Bedenken. Viele deiner Kunden werden sicher wieder auf dich zukommen. Wäre es nicht sinnvoller, einen gemeinsamen Neubeginn, an einem neuen und neutralen Ort zu starten? Du weißt, ich würde mit dir überall hingehen, aber wir sollten auch beide dieses neue Leben, ohne Vergangenheit beginnen. Ob dir das in Moskau gelingen würde?"

Saskia: „Ich fürchte, du hast wieder einmal recht, Süße."

Marie: „Jetzt sind wir flexibel. Der Hof ist verkauft. Die Frage ist auch, wo könnten wir unser Büro aufbauen? In welchem Bundesland könnten wir Häuser lukrativ und gewinnbringend planen und gestalten. Eine Zusammenarbeit mit einer Baufirma müssen wir auch noch finden. Wo wäre es für uns am besten?"

Saskia: „Natürlich dort, wo genug Geld zum Verdienen ist."

Marie: „Ach Saskia, Geld ist nicht alles im Leben."

Saskia: „Es gibt aber eine Sicherheit. Natürlich bist du mir das Wichtigste, im Leben. Komm her zu mir, Süße."

Marie rutscht zu Saskia und sie küssen sich.

Dann sagt Saskia: „Lass uns einmal, für uns, interessante Immobilien im Internet recherchieren."

Mit der Suche, sind sie bis in die späten Abendstunden beschäftigt. Gestört werden sie von Alex, der in das Hotel kommt und an der Zimmertür klopft. Saskia bittet ihn herein und Alex sagt: „Koffler hat Peter Bauer erschossen. Bei seiner Verhaftung, konnte er fliehen. Er dreht völlig durch. Ihr beide seid in Gefahr und ihr bekommt Polizeischutz. Wir bringen euch in Sicherheit."

Saskia ist dagegen: „Ich möchte euren Polizeischutz nicht. Bringt uns zum Flughafen damit wir nach Moskau fliegen können."

Alex: „Warum nach Moskau? Wir beschützen euch beide."

Saskia: „Nein Alex. Bring uns zum Flughafen. Unterwegs besorge ich zwei Flugtickets. Koffler hat zu viel Macht und Einfluss, dem könnt ihr nichts dagegen bringen."

Alex: „Ich habe Anweisungen zu befolgen und euch..."

Saskia unterbricht ihn energisch: „Nein, Alex. Du bringst uns zum Flughafen ohne deine Kollegen darüber zu informieren, oder ich fahre mit Marie alleine."

Marie zittert vor Angst, am ganzen Leib und Saskia und Alex, streiten beinahe.

Alex: „Sei wenigstens du vernünftig, Marie."

Saskia schreit ihn an: „Beeinflusse meine Schwester nicht. Merkst du nicht, wie Koffler euch noch immer im Griff hat? Wie dämlich muss man sein, das nicht zu sehen? Koffler kennt sämtliche Verstecke, eurer sogenannten geheimen Plätze und zu so einen, möchtest du uns vom Hotel mit einem Polizeiwagen bringen? Sag deinen Kollegen, wir sind dir entwischt und jetzt geh einfach und lass uns in Ruhe."

Alex sagt in ruhiger Stimmlage: „Saskia, ich bitte dich, vertraue mir. Ich bringe euch beide, unauffällig hier raus. Es wird keine sichtbare Polizeipräsenz geben."

Marie sagt mit einer zittrigen Stimme: „Saskia, Alex können wir doch vertrauen. Er ist doch auf unserer Seite."

Saskia lässt sich von Marie überreden und willigt schließlich ein.

Alex geht mit Saskia und Marie in die Tiefgarage des Hotels. Sie steigen gemeinsam in einen Transporter einer Baufirma ein. Der Fahrer ist als Bauarbeiter gekleidet. So kommen sie unbemerkt aus dem Hotel und fahren aus der Stadt, in ein anderes Bundesland. In einer großen Halle auf einem Firmengelände wechseln sie das Fahrzeug und fahren mit einem Taxi-Bus weiter, um eventuelle Spuren zu verwischen.

Nach einiger Zeit, sagt der Fahrer, ein Polizist in Zivil, zu Alex: „Wir werden von einem schwarzen Mercedes verfolgt. Dieses Auto war schon vor dem Fahrzeugwechsel hinter uns. Sind das Kollegen, Alex?"

Alex antwortet: „Nein, niemand ist eingeweiht. Fahr unauffällig weiter."

Saskia spürt, dass Koffler mächtiger ist, als Alex ahnt. Sie schreibt, ohne Alex zu informieren, einem sehr guten Freund in Moskau, dass sie dringend zwei Flugtickets für sich selbst und ihre Schwester benötigt. Sie hat das Vertrauen in ihre Heimat verloren. Immerhin, hat sie auch die russische Staatsbürgerschaft und bittet ihre Freunde um Hilfe.

Als der schwarze Mercedes zum Überholen ansetzt, ist die Anspannung im Taxi-Bus enorm groß. Sowohl Alex, Marie und Saskia pocht das

Herz, obwohl sie hinter verdunkelten Scheiben sitzen und von außen nicht zu sehen sind. Das auffällige Auto überholt langsam und fährt nun vor dem Taxi-Bus.

Alex sagt zum Fahrer: „Fahre bei der nächsten Möglichkeit von der Landstraße ab."

Saskia ist währenddessen noch immer beim Schreiben, mit ihrem Moskauer Freund, worauf Alex sie anspricht: „Saskia, was tust du mit deinem Handy?"

Saskia: „Ich hole mir professionelle Hilfe von echten Freunden, denen ich absolut vertraue."

Alex: „Du kannst auch mir vertrauen, Saskia. Ich bringe euch in Sicherheit."

Marie ist nach wie vor sehr verängstigt und klammert sich dicht an Saskia. Der Fahrer findet keine Kreuzung und auch sonst keine Möglichkeit, von der Landstraße abzufahren. Der schwarze Mercedes vor ihnen, wird sichtlich langsamer und Ratlosigkeit macht sich im Taxi-Bus bemerkbar. Da sagt Saskia zum Fahrer: „Gib doch Vollgas und überhole ihn, vor der nächsten Kurve."

Doch der Fahrer hört nicht auf Saskia. Hinter dem Taxi-Bus fährt ein weißer Kastenwagen dicht auf. Das Auto vor ihnen, wird immer langsamer.

Endlich ist eine Kreuzung in Sichtweite und Saskia sagt: „Bleib vor der Kreuzung am Straßenrand stehen und lass den Kastenwagen vorbeifahren."

Der Fahrer sieht Alex fragend an, worauf Alex sagt: „Ja, mach das. Im Notfall startest du durch."

Der Fahrer setzt den Blinker und bremst langsam am Fahrbahnrand. Der Kastenwagen fährt an ihnen vorbei und Saskia sagt: „Bleib stehen und warte."

Bei der Kreuzung, etwa 200 Meter vor ihnen, bleibt auch der schwarze Mercedes stehen. Der Kastenwagen fährt allerdings weiter.

Saskia sagt: „Wende das Auto und fahre zurück."

Das Bus-Taxi dreht um und fährt die Landstraße wieder retour. Der schwarze Mercedes dreht ebenfalls um und folgt ihnen.

Saskia sagt: „Wende abermals und fahr dem Wagen entgegen."

Der Fahrer gehorcht und sie fahren dem langsam fahrenden Mercedes entgegen. Als sie einander vorbeifahren, passiert nichts. Somit fahren sie im

Taxi-Bus, wie geplant zu ihrem geheimen Versteck, was Alex organisierte. Mittlerweile sind sie schon fast 3 Stunden unterwegs. Saskia bekommt eine Nachricht von ihrem Freund. Darin steht: Am Flughafen der Bundeshauptstadt, steht ein Privatjet. Beim Diplomaten Eingang sagst du, du kommst von mir. Dimitrij bringt dich und deine Schwester nach Moskau.

Saskia denkt sich, zumindest passt die Richtung. Sie fahren Richtung der Bundeshauptstadt, wo auch immer Alex sie verstecken möchte.

Nach einer engeren Kurve, steht der weiße Kastenwagen mitten auf der Straße, worauf der Taxi-Bus stark bremsen muss.
Saskia schreit den Fahrer an: „Fahr vorbei."

Der Fahrer wechselt auf die Gegenfahrbahn und beschleunigt, da wird aus dem Kastenwagen, plötzlich auf sie geschossen. Alex bekommt die Panik und schreit: „Fahr, fahr, fahr. Da vorne ist eine Autobahnauffahrt. Nimm diese und fahr Richtung Hauptstadt."

Saskia zeigt Marie die Nachricht von ihrem Freund und flüstert ihr ins Ohr: „Merke dir den Inhalt und mein Freund heißt Sergej Sarkassova. Falls wir getrennt werden, schlag dich irgendwie zum Flughafen durch."

Marie bekommt noch mehr Angst und hält sich an Saskia ganz fest. Auf der Autobahn sehen sie wieder, mit etwas Abstand, den schwarzen Mercedes hinter ihnen fahren. Ihnen wird bewusst, dass es kein Zufall ist. Vor der Stadtgrenze kommt es verkehrsbedingt zum Stau. Alex reagiert auf diese Situation und bittet seine Kollegen um Unterstützung. Daraufhin wird eine Zivilstreife, die ebenfalls im zähflüssigen Verkehr steckt, zu ihnen beordert. Im Sichtschutz der vielen LKWs, steigen Saskia, Marie und Alex in diese Zivilstreife um. Dieses zivile Polizeifahrzeug fährt die nächste Ausfahrt ab. Der schwarze Mercedes, folgt weiterhin dem Taxi-Bus.

Saskia bittet die Polizisten, sie und ihre Schwester zum Flughafen zu bringen. Alex ist davon nicht begeistert. Darauf antwortet Saskia: „Du hast es nicht geschafft, uns unbemerkt aus dem Hotel zu bringen und sogar der Fahrzeugwechsel blieb nicht verborgen. Wann siehst du endlich ein, dass ihr eine undichte Stelle in eurem so perfekten Verein habt? Ich werde mich und Marie selbst schützen. Wo bringt ihr uns überhaupt hin?"

Alex informiert den Fahrer, welches Hotel er ansteuern soll. Saskia sagt dazu: „Ein Hotel? Das ist euer Versteck?"

Alex antwortet: „Dieses Hotel ist gut besucht, wo ihr nicht auffällt."

Das zivile Polizeiauto steuert direkt in die Tiefgarage des Hotels. Der erste Polizist steigt aus dem Fahrzeug, um sich umzusehen. Er gibt seinen Kollegen ein Okay-Zeichen, worauf Alex, Saskia und Marie aussteigen. Blitzschnell kommen, wie aus dem Nichts, vier maskierte Personen mit Schusswaffen auf sie zu. Alex zieht seine Dienstwaffe und in diesem Moment wird er angeschossen. Saskia nimmt Marie an der Hand, um zu flüchten. Sie werden geschnappt und Saskia wehrt sich gewaltsam, dabei schreit sie zu Marie: „Lauf, lauf zum vereinbarten Ort, schnell."

Marie kann tatsächlich fliehen, obwohl weitere Schüsse fallen. Ein weiterer Polizist ist verletzt und Saskia wird von den maskierten Personen in ein Auto gezerrt. Im Fahrzeug wird Saskia an den Händen und Füßen gefesselt und ihre Augen verbunden. Sie wird in eine verlassene Fabrikhalle gebracht.

Marie rettet sich in ein Taxi und lässt sich zum Flughafen bringen. Sie geht zum vereinbarten Eingang und sagt: „Ich komme von Sergej Sarkassova."

Der Mann lässt sie eintreten und sagt: „Ich bin Dimitrij. Wo ist Saskia?"

Marie weint und sagt: „Sie wurde gefangen und es sind Schüsse gefallen."

Dimitrij reagiert: „Wo war das?"

Marie nennt das Hotel und Dimitrij sagt: „Wir werden sie finden. Dich bringen wir nach Moskau."

Marie, die noch immer bitterlich weint und sehr ängstlich ist, sagt: „Nein, nicht ohne Saskia."

Dimitrij hat Mitleid mit ihr und sagt: „Okay, ist gut. Erzähl mir bitte alles ganz genau."

Dann, telefoniert er auf Russisch, was Marie nicht versteht.

Als Saskia zu Bewusstsein kommt, sitzt sie gefesselt auf einem Stuhl. Ihr schwarzer kurzer Rock und ihre weiße Bluse, sind zerrissen. Da sie keinen BH anhat, zeigt sie mehr, als ihr lieb ist. Sie hat eine Schramme auf dem Kopf und eine weitere Verletzung hat sie am rechten Knie, das etwas blutet. Der Raum ist düster und sehr schäbig. Ein junger Mann sitzt ihr, mit einer Waffe gegenüber.

Saskia sagt: „Was soll das ganze Theater? Wer bist du überhaupt? Sollte ich dich kennen?"

Der bewaffnete Mann antwortet: „Du kannst King zu mir sagen."

Saskia reagiert mit einem kleinen Lacher: „King? Gut, okay. King. Und? Was gibt der Koffler dem kleinen King, wenn er brav gehorcht?"

King: „Schweig, Weib."

Saskia: „Süß, reimen kann er also auch, der kleine King."

Zur selben Zeit, ließ sich Alex am Bein verarzten, aber er verweigerte in ein Krankenhaus eingeliefert zu werden. Seine Schuldgefühle gegenüber Marie und Saskia, lassen ihn die Schussverletzung verdrängen. Seine Aktion, die Schwestern in Sicherheit zu bringen, war ein Desaster. Dass, Saskia gekidnappt wurde, bekam er mit. Aber, von wem und wohin?

Marie ist weggelaufen, ob es ihr gut geht, weiß er nicht. Von diesem Fall, wurde er abgezogen. Eine Spezialeinheit übernahm dies und Alex ließ sich in seine Dienststelle bringen. Er recherchiert und ermittelt weiter, um die Schwestern zu unterstützen.

Mittlerweile ist Saskia schon drei Stunden gefesselt, als endlich ein weiterer Mann den Raum betritt. Es ist Major Koffler: „Saskia Steiner, dir habe ich es zu verdanken, dass meine berufliche Karriere zerstört wird. Warum steckst du und dein nichtsnutziger kleiner Dorfsheriff, eure Nasen in Sachen, denen ihr nicht gewachsen seid? Du wirst sicher verstehen, dass ich mir das nicht gefallen lassen kann."

Saskia: „Was willst du von mir und was bezweckst du damit? Du hast mit Brenner meinen Vater getötet. Warum?"

Koffler: „Dein Vater, ja der Alfons. Ich mochte ihn nie. Deine Mutter hat ihn nur geheiratet, damit sie, zumindest auf Papier, Kinder zeugen konnte. Brenner war dein Vater. Deine Mutter liebte den Bürgermeister, den alle bewunderten."

Saskia: „Das stimmt nicht. Ein DNA-Abgleich zeigte, dass Alfons mein Vater ist."

Koffler: „Papier ist geduldig, Saskia Steiner. Alfons musste beseitigt werden. Deine Mutter konnte sich aus moralischen Gründen nicht von ihm trennen. Ein Autounfall hingegen, ist ein tragisches Schicksal. Daraufhin schmiedeten wir alle diesen Plan, der übrigens perfekt war. Bis du und Alex, euch wichtig genommen habt."

Saskia: „Warum auch noch Peter Bauer? Hast du nicht genug Menschen getötet?"

Koffler: „Oh, Saskia, sei doch nicht so naiv. Ich machte bereits meine Aussage bei meinem befreundeten Staatsanwalt. Die offizielle Version ist jene, dass mich Bauer erpressen wollte, ich jedoch nicht darauf einging, er eine Waffe auf mich richtete und ich in Notwehr handeln musste."

Saskia: „Du bist so korrupt, dass es schon schmerzen muss. Was willst du nun von mir?"

Koffler: „Du wirst mir dabei helfen, meine Karriere zu reparieren. Du gestehst, ganz offiziell, Brenner ermordet zu haben und deine Anschuldigungen bezüglich Vergewaltigungen erfunden zu haben. Es wäre für dich ein Kick gewesen, da du sowieso eine Hure geworden bist. Unseren Deal, den gab es nie."

Saskia: „Niemals, werde ich das tun."

Koffler: „Oh, Saskia Steiner, denk an deine Schwester."

Saskia: „Was ist mit Marie?"

Koffler: „In Sicherheit meine liebe Saskia. Entweder du gehorchst mir, oder deine Marie wird deine Nachfolgerin, bis ich sie irgendwann nicht mehr brauche. Ob man sie je finden wird?"

Saskia: „Du bist krank, Koffler. Damit kommst du niemals durch."

Koffler: „Gut, lassen wir es darauf ankommen. Viel Vergnügen mit King."

Koffler verlässt den Raum und Saskia ahnt nichts Gutes.

Zur selben Zeit, ist Sergej Sarkassova mit einem Privatjet eingetroffen und unterhält sich mit Marie. Sie erzählt ihm alles was sie weiß.

Sergej sagt: „Warum hat sie mich nicht vom Hotel aus informiert?"

Marie: „Sie vertraute unserem gemeinsamen Freund Alex, der Polizist ist. Oder, eher meinetwegen, es ist so schrecklich."

Sergej beruhigt Saskias Schwester. Während des Gesprächs fragt Marie: „Darf ich dir eine persönliche Frage stellen? Warum setzt du dich für Saskia so ein und warum war sie eure Prostituierte? Ich bin mir sicher, es gäbe viele junge Frauen, die es für weniger Geld gemacht hätten. Sorry für meine bescheuerten Fragen."

Sergej antwortet mit einem Lächeln: „Nein, das ist berechtigt. Saskia ist eine einzigartige Frau. Mit ihrer Ehrlichkeit und ihrer Loyalität, eroberte sie mein Herz. Sie ist eine wahre und echte Freundin mit außergewöhnlichen Fähigkeiten und einem warmherzigen Herz. Sie gehört zur Familie und niemand tut meiner Familie weh. Und zu deiner Frage, warum sie und nicht eine andere Frau. Schau, Saskia würde niemals etwas fordern. Niemals irgendjemand ein Kind anhängen, abgesehen davon, dass sie keine Kinder bekommen kann. Niemals sich einheiraten, um an Reichtum zu gelangen, niemals jemanden ausrichten und niemals Männer gegenseitig aufstacheln, um deren Anerkennung zu bekommen. Saskia ist eine Traumfrau, egal was sie macht und tut. Sie ist eine Freundin, auf die man sich blind verlassen kann. Dass sie als Prostituierte tätig ist, ist in Ordnung, solange sie ehrlich und fair ist. Und das, ist Saskia zu Hundertprozent. Und niemand, tut meiner, oder unserer Saskia etwas Böses an. Nun, Marie, das ist meine Liebe zu Saskia, in Kurzversion zusammengefasst."

In der schäbigen Fabrikhalle, spielt sich King, bereits seit langer Zeit mit Saskias Körper. Immer wieder gleitet und kreist er mit dem Lauf seiner Waffe an Saskias Brüsten herum. Abwechselnd an ihren Nylonbedeckten Beinen und dann wieder an ihren nackten Brüsten. Besonders ihre Brustnippeln haben es King angetan. Saskia hat keine Chance, sich zu wehren. Zu fest ist sie gefesselt. King steht nun hinter ihr und begrapscht, ihre Brüste und versucht auch, zwischen ihre Beine zu gelangen. Doch, Saskia presst ihre Oberschenkel so fest sie kann zusammen. Zudem, beginnt er, mit offener Hose zu masturbieren, worauf Saskia sagt: „Macht dich das echt so an, wenn eine Frau gefesselt ist? Du bist echt pervers."

Seine Ejakulation hinterlässt er auf Saskias Brustbereich.
Nach einiger Zeit kommt Koffler hinzu und fragt: „Hast du dich mit King amüsiert?"

Saskia antwortet sarkastisch: „Ja, blendend."

Koffler sieht, wie King gerade seine Hose zumacht und entdeckt die Spermaspuren bei Saskia. Er sagt: „King, mach das sauber, das ist ja ekelig."

Während King seine Spuren bei Saskia entfernt, sagt Koffler: „Gut, Saskia Steiner. Ich überlasse dir nun die Entscheidung. Ich könnte dich mit ein paar netten Jungs bekannt machen, für die du einfach nur ein Lustobjekt bist, oder wir gönnen diesen Spaß, deiner Schwester Marie, damit sie auch etwas davon hat, oder du machst deine Aussage inklusive Geständnis und entlastet mich. Für was entscheidest du dich?"

Saskia: „Du pokerst hoch, obwohl du Marie nicht fassen konntest. Blöd gelaufen, oder?"

Koffler lacht: „Was macht dich so sicher? Möchtest du es darauf ankommen lassen?"

Saskia: „Ich möchte Marie sehen."

Koffler: „Alles zu seiner Zeit, Saskia Steiner. Zuerst hätte ich noch eine Bitte an dich. Ich habe meine Kollegen versprochen, dass sie dich durchbumsen dürfen. Sei bitte nett zu ihnen und gönne ihnen deinen Körper für ihre Geilheit. Wäre jetzt der richtige Zeitpunkt für dich?"

Saskia: „Du spinnst, Koffler. Was bezweckst du damit? Ich arbeite als Prostituierte, ich bin es gewöhnt, gefickt zu werden."

Koffler: „Behandelt zu werden, wie ein Stück Fleisch, besonders für abnormale Sexpraktiken, soll angeblich die Kooperation fördern."

Saskia schweigt und Koffler ruft: „Jungs, sie ist bereit und wartet auf euch."

Vier Männer kommen hinzu und gehen direkt zu Saskia. Ein Mann kümmert sich um ihre Hände und die zwei weiteren Anwesenden, um Saskias Füße. Ein Mann hebt Saskia von hinten mit dem Rettungsgriff hoch, jedoch verwendet er beide Hände von Saskia, damit sie sich nicht wehren kann. Zwei Männer greifen jeweils einen Fuß. So hängt Saskia über dem Boden. Als der vierte Mann, sich mit offener Hose, ihrem Intimbereich nähert, setzt sie ihre Kampfsportschläge gekonnt ein. Einem Peiniger bricht sie das Nasenbein und den anderen tritt sie zu Boden. Dann macht sie einen Salto rückwärts und reißt den Mann, der sie im Rettungsgriff hat, ebenfalls zu Boden. Eisern kämpft sie sich frei und ihre jahrelangen Trainings im Kampfsport, haben sich bewährt. Blitzschnell entreißt sie sich jedem Peiniger, der sie zurückhalten möchte. Nur bei Koffler kommt sie nicht durch. Er ist auf Saskia vorbereitet und sprüht ihr Tränengas ins Gesicht. Dieser fürchterliche Schmerz zwingt sie zur Aufgabe. Während sie sich dabei auf den Boden setzt und ihre Hände fest an ihre Augen presst, nimmt Koffler ein Kraft-Klebeband und wickelt es straff um ihren Kopf samt ihren Händen. Zwei der vier Peiniger, halten sie fest auf den Boden. Koffler zieht seine Hose aus und vergewaltigt die hilflose Saskia. Nachdem er seine Begierde gestillt hat, verlässt er den Raum und überlässt die wehrlose Saskia seinen Kollegen mit den Worten: „Sie gehört euch, tobt euch so richtig an ihr aus."

Daraufhin, wird sie von weiteren Männern brutal vergewaltigt. Saskia wird zum Spielball der zornigen Vergewaltiger.

Zur selben Zeit, besuchen Sergej und Marie, den Polizisten Alex, um mehr zu erfahren. Sergej vertraut Alex nicht: „Wie konnte es passieren, dass ihr aufgegriffen wurdet?"

Alex: „Ich weiß es nicht. Anscheinend wurde ich abgehört und bespitzelt. Jemand aus unseren Reihen, gab sämtliche Informationen an Koffler weiter, der übrigens von der Staatsanwaltschaft entlastet wurde."

Nach einiger Zeit des Wissensaustausches sagt Sergej: „Ich werde Saskia finden, aber auf meine Art."

Sergej trommelt seine sogenannte Familie zusammen und Marie bleibt bei Dimitrij, der sich rührend um Saskias Schwester kümmert. Die Spezialeinheit tappt bezüglich Saskia noch im Dunkeln.

Alex kooperiert mit Sergej und seiner Familie, obwohl ihre Vorgehensweise nicht dem entspricht, was Alex gelernt hatte. Auf die Belehrung von Alex, wie man gesetzlich vorgeht, sagt Dimitrij: „Einem hungrigen Löwen, entreißt man auch nicht seine Beute. Dem Löwen ist es egal, was er frisst, er hört nicht auf deine belehrenden Worte, Alex."

Sergej hat ein besonderes Gespür dafür und erkennt nach wenigen Wortwechseln, wer lügt und falsch ist. Das hilft ihm zum Erfolg. Relativ rasch, findet er die Fabrikhalle, wo Saskia festgehalten wird. Er stürmt mit seiner Gefolgschaft die Halle und sie überwältigen alle Anwesenden. Nachdem die Peiniger entwaffnet wurden steht er vor ihnen und blickt jeden Einzelnen genau an. Beim Verletzten sagt er: „Wie ich sehe, hattest du bereits das Vergnügen mit Saskia. Ja, meine Freundin hinterlässt sichtbare Spuren."

Er geht langsam weiter und sagt: „Machen wir es kurz. Wer ist Koffler?"

Koffler meldet sich und Sergej geht zu ihm: „Wo ist Saskia?"

Koffler antwortet: „Eure Mafia Methoden sind bei uns illegal."

Sergej: „Ich gebe dir jetzt nochmals die Möglichkeit meine Frage zu beantworten. Wo ist Saskia?"

Koffler: „Hinten, im Bürotrakt."

Sergej begibt sich auf die Suche und findet schließlich, Saskia verletzt auf dem Boden liegen. Er findet sie so vor, wie man kein Lebewesen und schon gar nicht einen lieben Menschen vorfinden sollte und möchte. Schmerzverzerrt auf einem kalten und verdreckten Boden. Ihre Klamotten sind teilweise vom Leib gerissen, wodurch sie ihren freigelegten Körper nach der Vergewaltigung, nicht bedecken konnte. Er nimmt ihr das Klebeband ab und umarmt sie liebevoll und fragt sie: „Was haben sie mit dir gemacht, Saskia?"

Saskia antwortet: „Nach was sieht es aus?"

Sergej: „Ich habe verstanden, Saskia. Du bist in Sicherheit. Ich werde einen Notarzt rufen und wir werden dich nicht alleine lassen."

Bevor die Spezialeinheit gerufen wird, um die Peiniger von Saskia zu verhaften, wird vorrangig Saskia mit einem Rettungswagen abtransportiert. Kurz vor der Abfahrt gibt Sergej, da er Saskia begleitet, sein Einverständnis, dass Alex seine Kollegen hinzuziehen darf. Noch vor dem Eintreffen der Spezialeinheit, werden die Peiniger sorgfältig gefesselt und die Freunde von Sergej verziehen sich.

Während der Verhaftung von Koffler und seinen Mittätern, wird Saskia im Krankenhaus untersucht, gereinigt und versorgt. Sergej lässt sie keine Sekunde aus den Augen und Saskia klammert sich an seine Hand. Kein Arzt und kein Pflegepersonal kann sie trennen. Das muss das Ärzteteam bei jeder Untersuchung und Behandlung akzeptieren. Aufgrund der eindeutigen Verletzungen und Spuren, wird eine Anzeige gemacht. In einem Moment, indem Sergej mit Saskia alleine ist, sagt er: „Ich werde Koffler und die anderen Beteiligten, einzeln zur Rechenschaft ziehen."

Darauf antwortet Saskia: „Nein, bitte kein Rache Tod."

Sergej: „Sie haben dich auf feige Art und Weise, vergewaltigt. Möchtest du sie ungeschoren davonkommen lassen?"

Saskia: „Nein, sie müssen ihre verdiente Strafe bekommen. Meine Wunden werden heilen, aber nicht mit Menschenleben."

Sergej: „Solche feigen Typen gehören beseitigt, damit sie es nie wieder tun. Dass ich ihnen einen Denkzettel verpasse, kannst du mir nicht verbieten, Saskia."

Saskia lächelt und sagt: „Das verlange ich auch nicht, aber lass sie am Leben."

Sergej: „Schön, dass du wieder lächelst, Saskia. Wann möchtest du Marie sehen?"

Saskia: „So schnell als möglich, bitte."

Nach der ärztlichen Versorgung, entlässt sich Saskia selbst aus dem Krankenhaus. Sergej und Dimitrij haben bereits Zimmer im VIP-Bereich am Flughafen organisiert.

Das Wiedersehen von Saskia und Marie ist sehr tränenreich. Eine liebevolle Umarmung mit intensiven Gefühlen.

Sergej sagt zu Dimitrij: „Komm, lass die beiden, diesen Moment für sich. Sie sollen es genießen nach diesem Martyrium."

Beim Gehen fragt Dimitrij: „Was musste sie ertragen, die arme Saskia. Wie fällt die Strafe für diese üblen Genossen aus?"

Sergej antwortet: „Das hiesige Gericht wird sie verurteilen."

Dimitrij ist entsetzt: „Was? Warum? Die Täter haben nach dieser Tat, doch keine Rechte mehr."

Sergej: „Ich weiß, Dimitrij. Es ist der Wunsch von Saskia, keinen Rache Tod zu vollstrecken. Die Tat war sehr feige und sehr unmenschlich und trotzdem werden wir Saskias Wunsch erfüllen, weil wir sie lieben."

Dimitrij: „Eben, genau darum müssen wir handeln. Niemand tut jemanden aus unserer Familie etwas so Schreckliches an."

Sergej: „Wir sind in Saskias Heimat und wir halten uns an deren Gesetze. Natürlich lassen wir es uns nicht nehmen, mit den Vergewaltigern zu sprechen."

Nichtsahnend von dessen Gespräch, sagt Marie zu Saskia: „Ich hatte so eine unbeschreibliche Angst um dich, Saskia. Dimitrij hatte sich von Sergej bereits informieren lassen und mir darüber berichtet. Es ist so furchtbar und meine Wut ist grenzenlos auf diese Scheißkerle."

Saskia: „Es ist vorbei, dank meiner Freunde. Meine Liebe zu dir, hielt mich am Leben."

Marie: „Ohne dich, möchte ich niemals sein. Die Polizei hätte dich nicht so schnell gefunden, wie deine wahren Freunde. Sie lieben dich sehr und du gehörst zu ihrer Familie. Darauf kannst du sehr stolz sein."

Saskia: „Das bin ich auch. Besonders stolz bin ich auf dich, dass du es bis zum Flughafen geschafft hattest. Ich liebe dich, Marie."

Nach einiger Zeit, kommen Sergej und Dimitrij, zurück zu den Schwestern in die VIP-Lounge des

Hotels am Flughafen. Gemeinsam sitzen sie beisammen und versuchen, das Geschehene zu verarbeiten. Besonders für die beiden Frauen ist es wichtig, darüber zu reden, um es aufarbeiten zu können. Nur so, können sie es verarbeiten.

Während des Gesprächs, sagt Sergej: „Saskia, wir hatten im Krankenhaus bereits Zeit gehabt, uns zu unterhalten. Habe ich es richtig verstanden, dass du nicht nach Moskau möchtest, weil du nicht mehr als Prostituierte arbeiten möchtest?"

Saskia: „Ja, genau. Ich möchte mein Leben mit Marie verbringen und mich nicht mehr prostituieren. Ich fange durch Marie an, meinen Körper zu lieben und verstehe es nun, dieser Körper gehört mir. Ich bin ein Teil des Ganzen."

Sergej fragt nochmals: „Keine Prostituierte und nicht Moskau? Was hat das eine mit dem anderen zu tun? Dass du ein neues Leben mit Marie leben möchtest und deinen Körper nicht mehr für Sex vermieten möchtest, ist deine Entscheidung. Aber, warum wollt ihr nicht in Moskau leben?"

Saskia: „In Moskau kennen mich alle als Prostituierte und einige werden es nicht akzeptieren, dass mein Körper nicht mehr für Sex zu haben ist. Gehört das eine, mit dem anderen, nicht irgendwie zusammen?"

Sergej: „Wir lieben dich, Saskia, du gehörst zu unserer Familie. Die Prostituierte war ein Teil von dir, ja, aber du als Mensch, gehörst zu uns. Eines möchte ich dir, Marie, sagen, damit du verstehst, warum wir Saskia so sehr lieben. Ich würdige jede Prostituierte. Sie leisten einen beinharten Job und sie müssen einiges aus- und durchhalten. Es gibt auch einige, die Männer schamlos ausnutzen. Aber diejenigen die ihre Dienstleistungen sorgfältig, fair und ehrlich machen, sind Heldinnen. Eine gute Dienstleistung muss ebenwürdig entschädigt werden. Trotz ihrer lesbischen Veranlagung, verlor sie niemals den Respekt gegenüber Männern, die für diese Dienstleistung bezahlt haben. Sie gab stets den Männern, was sie wünschten, ohne Diskriminierung. Jeder der sie gemietet hat, bekam das, wofür er bezahlt hat. Fair und ehrlich. Und deswegen, schätzen und lieben wir deine Schwester. Saskia ist und bleibt, unentbehrlich."

Saskia bekommt feuchte Augen und sagt: „Das ist lieb von dir. Deine Worte schmeicheln mir. Wie wird es sein, als lesbisches Paar, für Marie und mich?"

Sergej: „Besser als mit Kim. Ihr lebt als Schwestern zusammen. Eine bessere Tarnung gibt es gar nicht. In unserem Milieu und in unserem Umfeld, war und ist es nie ein Thema gewesen. Natürlich gibt es in Russland noch alte Werte, die streng gelebt werden. Auch wir Russen, lieben und leben unsere Freiheit. Du bist doch eine von uns."

Für Saskia ist es wichtig, nicht mehr als Prostituierte zu arbeiten. Sie möchte es absolut nicht mehr. Viel mehr, möchte sie ihren Traum mit Marie leben und das am liebsten in, oder bei Moskau. Sie liebt diese Stadt und deren Menschen.

Sie fragt Marie: „Nun Schwesterchen, könntest du dir vorstellen, mit mir in einer Gegend zu leben, die ich liebe und schätze?"

Marie: „Ja, Saskia."

Sergej freut sich: „Großartig, nun wäre das geklärt. Uns brach es das Herz, als du nach Florida gingst. Wir vermissten weniger die Prostituierte, sondern dich. Wobei ich aber gestehen muss, deine Dienstleistung wird mir fehlen. Keine andere Frau, brachte mich je so zum Explodieren wie du."

Dimitrij sagt lachend: „Das kann ich nur bestätigen, Saskia. Doch, wenn man bedenkt, dass wir die letzten Monate vor deiner Abreise nach Florida, sowieso keinen Sex mehr hatten, weil vielmehr die Freundschaft und die

Zusammengehörigkeit im Vordergrund stand, ist es für uns eine Ehre dich wieder bei uns zu haben. Für uns bist du nie, irgendeine Prostituierte gewesen, sondern immer schon ein besonderes Familienmitglied."

Sergej: „Du hast es gehört, Saskia. Das sind wahre Worte, auch wenn wir deine Dienste vermissen. Was habt ihr nun beruflich vor?"

Saskia: „Das was wir schon früher machen wollten. Häuser mit Baufirmen renovieren und komplett neugestalten, um sie gewinnbringend wieder zu verkaufen. Vorwiegend, Einrichtungsberatungen und designen. Das würden wir gerne gemeinsam machen."

Saskia wird von einer Hotelangestellten unterbrochen. Ein Besuch wäre für sie beim Empfang. Gemeinsam gehen sie zum Besucher. Es ist Alex, der sehr glücklich ist, beide Schwestern wieder zu sehen. Dabei übergibt er ihnen ihre Handtaschen, die sie liegen gelassen haben. Alex ist sehr beschämt, welches Desaster bei der Flucht entstanden war.
Darauf sagt Saskia: „Ich hatte es geahnt, doch du hörtest nicht auf mich. Ich hoffe, ihr habt Koffler, samt dessen Idioten, sicher verwahrt."

Alex: „Ja, sie sind alle in Haft."

Sergej kommentiert diese Aussage: „Eure Haft ist ein Hotel. Bei uns bekämen sie die verdiente Strafe für ihre Taten."

Alex: „Das mag sein, aber das Gericht wird darüber urteilen. Bis dato haben sie alle die Aussagen verweigert. Hoffnung auf Geständnisse, wird es nicht geben. Nächste Woche wäre der Prozess, bei dem du und Marie anwesend sein müsst. Wo und wie, kann ich euch erreichen?"

Saskia: „In meinem Häuschen am Stadtrand von Moskau. Erreichen kannst du uns telefonisch, da du unsere Handtaschen samt Handys gebracht hast."

Sergej: „Moment einmal, ihr habt es nicht geschafft, sie zum Reden zu bringen? Ihr braucht Geständnisse, um sie zu verurteilen?"

Alex: „Es liegen genügend Beweise gegen sie vor. Sie werden ihre Strafe bekommen."

Sergej: „Okay, Alex. Wir haben sie gestellt und nicht ihr, die hiesige Polizei. Wir haben euch die Täter auf einem Serviertablett übergeben. Es wäre euerseits fair, wenn wir uns mit den Tätern unterhalten dürfen."

Alex: „Ich denke, dies wird nicht gehen."

Sergej: „Doch, Alex, es wird gehen und du wirst es arrangieren. Wir werden ihnen nichts tun, sondern uns nur unterhalten."

Bevor Saskia, Marie, Sergej und Dimitrij mit dem Privatjet nach Moskau fliegen, gibt es ein Wiedersehen mit den Tätern. Alex bringt Sergej und Dimitrij in die Untersuchungshaft, um ihre Unterhaltung führen zu können.

Zur selben Zeit, bleiben Saskia und Marie im VIP-Hotel. Saskia leidet sichtlich an den Folgen der Vergewaltigung. Ihr Unterleib schmerzt sehr und sie krümmt sich vor lauter Schmerzen. Marie hat große Angst um ihre geliebte Schwester: „Saskia, soll ich einen Arzt rufen?"

Saskia: „Nein, auf keinen Fall. Es wird wieder besser werden. Ich möchte nur noch von hier weg. Sobald sie zurück sind, fliegen wir heim. Heim, in meine zweite Heimat nach Moskau, Marie. Es wird dir gefallen und es wird unsere gemeinsame Heimat sein."

Marie: „Mit dir zusammen, wird es ein Traum werden. Doch, ich habe große Angst um deine Gesundheit, Saskia. Du siehst sehr schlecht aus. Soll ich lieber einen Arzt rufen?"

Saskia: „Nein, das wird wieder gut. Ich kenne meinen Körper."

Etwas später, kommen Dimitrij und Sergej in das Hotel zurück. Saskia fragt: „Leben Sie noch?"

Sergej antwortet: „So wie ich es dir versprochen habe, liebe Saskia. Alex hat seine Geständnisse erhalten. Und nun fliegen wir heim."

In Moskau gelandet, bringen Sergej und Dimitrij, die Schwestern in Saskias Villa am Stadtrand von Moskau. Marie ist sprachlos über dieses Anwesen. Sogar das große Haus in Florida, war Nichts, gegen diese Villa bei Moskau.

Sergej arrangierte eine Ärztin, die als Leibärztin für Saskia sorgen soll. Zumindest, bis ihre Wunden von den brutalen und feigen Vergewaltigungen verheilt sind.

Während des Willkommensdrinks sagt Sergej: „Zu unserer großartigen geschäftlichen Beziehung, kam eine ehrliche und liebevolle Freundschaft hinzu. Daran wird sich nichts ändern. Nur dein Geschäftszweig hat sich geändert. Und dass meine liebe Saskia, wird ebenfalls einzigartig. Wir bleiben neben unserer familiären, freundschaftlichen Beziehung, auch weiterhin Geschäftspartner. Ich wünsche dir mit deiner Marie, alles erdenklich Gute und vor allem, rasche und gute Besserung. Elena, ist einer der besten Ärztinnen die es gibt. Bei ihr, bist du in den besten ärztlichen Händen."

Die nächsten zwei Tage, schläft Saskia viel. Ihr Körper braucht diese Erholung und Elena und Marie, versorgen Saskia rund um die Uhr. Am dritten Tag heilen ihre körperlichen Schmerzen bereits langsam ab, aber, sie bekommt seelische und psychische Probleme. Sie erzählt Marie: „Warum passiert mir das? Was habe ich an mir, dass Männer mich vergewaltigen und mich wie ein Stück Dreck behandeln? Zuerst die Horrorzeit im Elternhaus und jetzt wieder? Bin ich dafür auf die Welt gekommen, um sexuell ausgebeutet zu werden? Ich bin doch ein Mensch, der es verdient respektvoll behandelt zu werden. Warum immer ich?"

Marie sagt mit weinender Stimme: „Ich weiß es leider auch nicht, Saskia. Vielleicht schaffst du dadurch, so blöd es auch klingen mag, endlich den Absprung aus der Prostitution."

Saskia: „Als Prostituierte tätig zu sein ist nicht das gleiche, wie vergewaltigt zu werden. Das eine ist der Job und das andere ist Gewalt mit Demütigung."

Marie: „Ja, ich weiß. Bitte sei stark und glaub an dich. Dich trifft keine Schuld, das darfst du niemals vergessen. Ich wünschte, meine Liebe zu dir, könnte dich heilen."

Saskia: „Das tut sie auch, Süße. Frieden finden werde ich erst nach dem Prozess."

Marie: „Diesen Weg gehst du nicht alleine, Saskia. Ich bin bei dir und deine Freunde ebenso. Das Wichtigste ist, dass du den Glauben an dich nicht verlierst."

Langsam gelingt es Marie, Saskia von ihren negativen Gedanken abzubringen. Saskia ist sehr kuschelbedürftig und zieht ihre Schwester zu sich auf die Couch. Saskia legt ihren Kopf auf Maries Schoß und zieht ihre Beine an. Wie ein kleines Kind, sucht sie Geborgenheit und den Schutz eines geliebten Menschen. Marie streichelt ihre Schwester und hält sie dabei ganz fest.

Am Tag des Prozesses, begleiten Sergej und Dimitrij, Saskia und Marie, in deren Heimatland. Saskia ist relativ ruhig, aber nervös, ihre Peiniger wieder sehen zu müssen. Sie möchte es schnell hinter sich bringen.

Alex holt die Ankommenden vom Flughafen ab. Die Begrüßung ist angespannt und etwas distanziert. Saskia kritisiert das Vorgehen der Polizei, woran Alex ebenfalls beteiligt war. Durch Saskias Schicksale, hat Alex jedoch, sämtliche Korruptionen aufgedeckt. In dieser Korruptionsaffäre sind einige Polizisten und sogar ein Staatsanwalt verstrickt. Koffler hatte sich seine eigenen Gesetze gemacht und andere einflussreiche Personen involviert. Alex hat diese Machenschaften gesprengt.

Beim Prozess liegen sämtliche Beweise und auch die jeweiligen Geständnisse der Täter auf dem Tisch. Der Richter verurteilt alle Vergewaltiger hart und Koffler bekommt eine lebenslange Haftstrafe, da er zwei Morde, Vergewaltigungen und Korruptionen begannen hatte.

Nach dem Prozess stehen Marie, Sergej und Dimitrij vor dem Gerichtsgebäude, da sie den Saal, gleich nach der Urteil-Verlesung verlassen haben. Saskia hingegen ist noch mit dem Staatsanwalt und dem Richter im Gespräch verwickelt. Beide sprechen ihren Respekt, gegenüber Saskia aus. Der Richter bietet ihr auch eine psychologische Betreuung an, damit sie diese schrecklichen Taten verarbeiten kann. Sowohl der Richter als auch der Staatsanwalt, entschuldigen sich bei Saskia, dass es überhaupt so weit kommen konnte. Gerade auf die Polizei und auf die Justiz sollte man sich verlassen können.

Als Saskia mit einem Rechtsanwalt aus dem Gebäude kommt, wird auch Koffler von Justizbeamten in ein Fahrzeug gebracht. Saskia würdigt ihm keinen Blick. Dann sagt Koffler: „Hey, Saskia Steiner. Warum hast du es nicht zugegeben, dass es dir gefallen hat, du verdammte Hure."

Saskia bleibt stehen und dreht sich zu Koffler und sagt: „Du tust mir nichts mehr an. Die Gerechtigkeit hat gesiegt."

Voller Zorn, entwendet Koffler die Waffe eines Justizbeamten und feuert auf Saskia, mit den Worten: „Fahr zur Hölle."

Saskia bricht zusammen. Der Schuss trifft sie in den Oberkörper.

Alle Anwesenden laufen zu Saskia. Marie schreit und weint um ihre geliebte Schwester: „Saskia, neiiiiiin, neiiiiiin. Saskia, bitte lass mich nicht alleine."

Nur Alex reagiert blitzschnell. Er zieht seine Dienstwaffe und schießt auf seinen Vorgesetzten.

Mühsam spricht Saskia zu Marie: „Jetzt erkenne ich meinen Sinn im Leben, Marie. Ich war dein Schutzengel auf Erden und ich wehrte alles Böse von dir ab. Für diese abgründige Scheinheiligkeit, wurde ich zu deinem Schutzschild bestimmt. Ich liebe dich, Marie. Leb wohl meine Süße."

Dann wird es ganz ruhig.

Saskia geht auf die Reise ins Jenseits und stirbt in den Armen von Marie.

Geschockt und fassungslos, stehen Sergej und Dimitrij bei der trauernden Marie, die Saskia in ihren Armen hält. Sie schreit vor Trauer und Wut: „Neiiiiiin, Saskia. Warum? Bleib bei mir, Saskia."

Marie klammert sich bis zum Eintreffen der Bestatter, an ihrer geliebten Schwester fest. Damit die Bestatter ihrer Arbeit nachgehen können, nimmt Dimitrij, Marie sehr führsorglich in seine Hände. Dabei geht er ein paar Schritte mit ihr zurück. Marie ist nicht zu trösten und zu beruhigen. Weiterhin weint und schreit sie um ihre Saskia.

Sergej übernimmt die Formalitäten, um Saskia nach Moskau überführen zu können. Nachdem alle Dokumente fertig gestellt sind, nehmen sie Saskias Sarg, bei ihrer Heimreise nach Moskau, im Privatjet von Sergej mit an Bord.

Marie, die den Tod ihrer Schwester nicht verkraften kann, wird von Dimitrij liebevoll begleitet. Er kümmert sich rührend um Saskias Schwester. Da Marie nicht alleine in der großen Villa von Saskia sein möchte, bleibt Dimitrij bei ihr. Über Saskias letzte Worte, hat Marie zu kämpfen: „Warum sagte sie, ihr Sinn des Lebens, war mein Schutzengel zu sein?"

Dimitrij: „Sie liebte und beschützte dich."

Marie: „Aber doch nicht mit ihrem Leben. Das ist doch ein schwachsinniger Sinn ihres Lebens."

Dimitrij: „Nicht ganz, Marie. Sie sah ihr Leben, das von sexuellen Misshandlungen geprägt war, als deinen Schutz gegen das Böse an. Sie erkannte, laut ihren Worten, dass sie für dich ein Schutzschild war, damit du beschützt bist und nicht das gleiche erleben musstest. Saskia lebte als dein Schutzengel auf Erden und opferte sich selbst, für dich. Das machte sie aus wahrer Liebe zu dir."

Marie: „Wenn sie mein Schutzengel wäre, müsste sie doch weiterhin bei mir sein."

Dimitrij umarmt Marie sehr liebevoll und sagt: „Saskia, wird immer bei dir sein. Sie wohnt in deinem Herzen und schwebt wie ein heiliger Schein, über deinem Kopf."

Marie weint bitterlich und die Worte von Dimitrij, sind wie Balsam für die Seele. Die liebevolle Umarmung, tröstet Marie zusätzlich.

Bei der Verabschiedung von Saskia, sind unzählige Menschen gekommen. Darunter sind Freier, die sie als Prostituierte bediente, ihre liebgewonnene Familie und viele Freunde. Sie alle, wollen Saskia die letzte Ehre erweisen, für ihre letzte Reise. Die Trauerfeier ist sehr tränenreich und sehr emotional.

Dass der Schuldige an Saskias Tod überlebte, ist für viele Trauernden unverständlich und wutaufreibend. Besonders für Sergej, der sich die Schuld an diesem Ausgang gibt. Marie sieht dies anders: „Es war ihr Wunsch, keine Rache zu nehmen. Die Polizei und die Justiz haben kläglich versagt. Sie wollte kein Blut an ihren liebsten Freunden kleben sehen. Du hast dein Versprechen an Saskia gehalten. Das gebührt dir höchsten Respekt, Sergej. Denk an Saskia und nicht an ihren Täter. Saskia lebt schmerzfrei und mit unsrer Liebe, irgendwo im Himmel und in jedem Einzelnen unserer Herzen."

Einige Tage später, versucht Marie aus der Trauerphase herauszukommen. Sie vermisst Saskia sehr. Obwohl sie in einer neuen Familie aufgenommen wurde, fällt es ihr schwer, nach vorne zu blicken. Das, was Saskia aufgebaut hat, kann sie nur beschwerlich annehmen. Ihre Gedanken kreisen in der Vergangenheit und das bremst ihre Lebensfreude. Es scheint, als würde sie feststecken und sich nicht befreien können. Sie hinterfragt alles was war und sucht vergeblich Antworten. Dimitrij ist sehr bemüht um Marie und er hat immer ein offenes Ohr für sie.

Marie: „Ich bin von Alex enttäuscht. Er war mein jahrelanger Freund, seit ich denken kann."

Dimitrij: „Ohne Alex, wäre die ganze Korruption nicht aufgeflogen. Koffler hatte alles im Griff. Die Polizei inklusive der Kriminologen, die Pathologie, die Staatsanwaltschaft und noch weitere Helfer. Schau Marie, wenn ich einen Menschen getötet habe, dann würde ich niemals eine Exhumierung beantragen. Da wäre ich doch froh, dass die Leiche unter der Erde liegt. Koffler wusste genau, ihm kann nichts passieren. Nun konnte er es so drehen, dass Saskia die Mörderin ist. Ab dann, wäre er endgültig frei gewesen. Saskia und Alex kamen Koffler in die Quere. Wir haben den Grundstein gelegt, Alex hat es großartig aufgedeckt und den ganzen korrupten

Sumpf zerstückelt. Auch wenn ihr gleich den Flughafen angesteuert hättet, wäre es keine Sicherheit gewesen. Denn Koffler hatte alles in seiner Macht. Er spielte sich mit euch. Sei deinem Jugendfreund nicht böse, Marie. Er tat das, was er konnte. Ich würde mich sehr freuen und auch Saskia würde sich das wünschen, dass du wieder lächelst und deine Lebensfreude zurückeroberst."

Marie blickt Dimitrij in die Augen und sagt: „Es fällt mir sehr schwer ohne Saskia. Ich lebe in ihrem Anwesen und fühle mich fremd. Wo gehöre ich hin? Wer bin ich ohne Saskia? In meinem Kopf sind unendlich viele Fragen, die ich nicht beantworten kann."

Dimitrij: „Du bist eine wunderbare Frau und dein Name ist, Marie. Nimm dein Erbe an und akzeptiere, dass es dir gehört. Wo du leben möchtest, entscheidest du ganz alleine. Ich persönlich würde mich sehr freuen, wenn du hierbleiben würdest, da ich mich…, naja, ich würde mich freuen."

Marie fragt: „Da ich mich? Was genau?"

Dimitrij: „Schön, dich lächeln zu sehen, Marie"

Marie: „Was genau wolltest du sagen?"

Dimitrij: „Wenn du für die Zukunft bereit bist, wirst du die Antwort selbst wissen."

Marie blickt etwas verlegen und sagt dann: „Kann es sein, dass du dasselbe fühlst wie ich? Wenn es so ist, was ich denke, dann stellt sich mir die Frage, ob ich Saskia ebenbürtig sein kann?"

Dimitrij lächelt Marie an und antwortet: „Hoffentlich nicht. Genau so, wie du bist, soll es sein. Niemand und schon gar nicht du selbst, darfst dich mit Saskia vergleichen. Das Einzige was zählt, bist du. Bleib du selbst, denn nur diese Marie zählt. Und genau in diese Marie, habe ich mich verliebt."

Marie fragt schüchtern und verlegen: „Wirklich?"

Dimitrij zeigt es ihr ohne Worte und küsst sie.

Marie hat es mit Dimitrij geschafft, nach vorne zu blicken. Ihre Liebe zeigen sie der ganzen Welt. Marie bleibt in Moskau und sie beginnt ihre berufliche Karriere, als Designerin und Raumausstatterin.

Mit der Vergangenheit, hat sie endgültig abgeschlossen und sie ist bereit, ihr neues Leben zu leben.

ENDE DER GESCHICHTE

Theaterstücke von Manfred Bilinsky

Mein Wunsch für mich

https://www.theaterboerse.de/verlag/autor/256_bilinsky-manfred

Annabellas sonniger Schatten

https://www.theaterboerse.de/verlag/autor/256_bilinsky-manfred

Auf Umwegen zur Selbstfindung

Affären zur Glückseligkeit

Buch-Romane von Manfred Bilinsky

Zeichen der Liebe
Verlag: Re Di Roma-Verlag (2013) ISBN: 9783868705355

Der Kreis der Drei
Verlag: Re Di Roma-Verlag (2015) ISBN: 3868707913

Zweigleisige Begierde
Verlag: Re Di Roma Verlag (2017) ISBN: 9783961032075

Spiegelverkehrte Affären
Verlag: BoD (2018) ISBN: 9783743154155

Der intime Schlüssel
Verlag: BoD (2019) ISBN: 9783748158592

Die begehrte Sennerin
Verlag: BoD (2019) ISBN: 9783732287307

Eine verhängnisvolle Sucht
Verlag: BoD (2022) ISBN: 9783756222346

Eine (un)moralische Liebe
Verlag: BoD (2022) ISBN: 9783756200719

Die versteckte Schönheit
Verlag: BoD (2023) ISBN: 9783748156086

Eine abgründige Scheinheiligkeit
Verlag: BoD (2023) ISBN: 9783757879563